第一季

4

湖上奇遇大狗鱼
The Lost Campers

【美】保罗·哈钦斯（Paul Hutchens） 著

朱燕楠 译

新世界出版社
NEW WORLD PRESS

图书在版编目（CIP）数据

湖上奇遇大狗鱼 /（美）哈钦斯著；朱燕楠译. —
北京：新世界出版社，2012.1（2016.8重印）
（糖溪帮探险记. 第1季；4）
ISBN 978-7-5104-2459-5

Ⅰ.①湖… Ⅱ.①哈… ②朱… Ⅲ.①儿童文学 – 中
篇小说 – 美国 – 现代 Ⅳ.①I712.84

中国版本图书馆CIP数据核字（2011）第264082号

北京市版权中心外国图书合同登记
图字：01-2011-6681

Originally published in the USA under the title "The Lost Campers"
Copyright©1940,1997 by Pauline Hutchens Wilson
Published by Moody Press
Chicago, Illinois 60610
Simplified Chinese edition copyright
2012 ZDL BOOKS
All rights reserved.

湖上奇遇大狗鱼

作　　者：[美] 保罗·哈钦斯
责任编辑：李晨曦　邓婧
责任印制：李一鸣　黄厚清
出版发行：新世界出版社
社　　址：北京市西城区百万庄大街24号
总编室电话：+86（10）68995424 68326679
发行部电话：+86（10）68995968 68998705
本社中文网址：http://www.nwp.cn
本社英文网址：http://www.newworld-press.com
版权部电子信箱：frank@nwp.com.cn
版权部电话：+86（10）68996306
印　　刷：环球东方（北京）印务有限公司
经　　销：新华书店
开　　本：880×1230　1/32
字　　数：46千字　印张：5.5
版　　次：2012年5月第1版 2016年8月第4次印刷
书　　号：ISBN 978-7-5104-2459-5
定　　价：90.00元/套（共6册）

作者女儿的一封信

你好！我是糖溪帮的一员！

不过我不知道自己究竟是哪一个。表现好的时候，我是小吉；调皮捣蛋的时候呢，有时是比尔·柯林斯，有时甚至是顽皮的诗集。

其实，我是保罗·哈钦斯的女儿，从爸爸动笔的那天开始，我就经常听他朗读手稿，跟着他去明尼苏达北部的森林，去科罗拉多，还有别的地方，为糖溪帮寻找各种各样的事情做。

光阴似箭，一转眼五十多年过去了。父亲已回天堂，而糖溪帮依然活跃，全套36本书仍在印行，我还为当今读者新添了我的5个孩子的故事，他们是20世纪50年代到70年代成长起来的。

现实中的糖溪位于印第安纳州，而糖溪帮的人物原型就是我的父亲和他的6个兄弟。

保利娜·哈钦斯·威尔森

译者的话

　　翻译的时候，我就把自己当成故事的叙述者——男孩比尔·柯林斯。我甚至觉得，自己跟比尔确实有很多相似之处：热爱大自然，喜欢思考，联想丰富，脾气急躁……所以，当比尔犯起倔脾气的时候，我很能体会他的心境。比尔带我认识了各种各样的花鸟鱼虫，教给我很多重要的生存技能：用手表辨别方向，用放大镜取火，在地里做饭……他还透露了一些我难以了解的男孩心事，例如他说过"大多数男孩就算喜欢女孩，也死活不愿承认"。

　　糖溪帮中，我最喜欢诗集，他是个淘气包。有人说"淘气的孩子聪明"。诗集就很聪明，有时像个小福尔摩斯。不过他总给我出难题，因为他酷爱背诗，触景生情，张嘴就来，有流行儿歌，有名人佳句，也有他自己编的小诗，要把它们翻译得诙谐、押韵可真不容易。

　　糖溪帮中的男孩，相貌、个性、喜好各不相同，但他们都有善良的心，都有要做真正男子汉的雄心壮志，而且在勇敢地向着这个目标努力。

　　我衷心希望这套书能给那些勇于成长的男孩增添勇气和信心，并帮助父母理解儿子，老师理解男生，女孩理解男孩。

你们的大朋友朱燕楠

2012年2月29日

糖溪帮主人公自我介绍

我是丹尼尔·奥古斯特·布朗。我真是不明白父母为什么给我起这么个冗长的名字，我还是喜欢朋友们叫我"杂耍"。我天生好动，能翻筋斗，爬起树来赛过猴子。这可能有点夸张了！别人都说我是块杂技演员的料，不过，我可对杂技没兴趣，我最喜欢唱歌了，我愿意用歌声来荣耀赞美造我的那一位。

这是我——威廉·贾斯帕·柯林斯。我只是个普普通通的男孩子，连外号都没有，只有个小名，比尔。我有个梦想：长大想当一名医生。

我是"大吉"，帮里的人都听我的，可能是因为我比较强壮吧。我曾经参加过童子军，学过不少本领。比如，有人流血不止的时候，我能做止血绷带；我还能打21种绳结。我喜欢运动，特别是打棒球，最讨厌以强欺弱，谁要是敢这样，我一定会把他痛扁一顿。

　　我是罗伊·吉尔伯特，从我的相貌上，你不难猜出我的外号吧。对，就叫"**蜻蜓**"！我有一双大眼睛，每次有新情况，我都是第一个看见的。不知为什么，在我眼里，什么东西都比原来的大一倍。我喜欢别人叫我"**蜻蜓**"！

　　我是莱斯利·汤普森，大家都管我叫"**诗集**"，因为我常常会诗兴大发。我长得可能有点胖，但绝不像他们背地里说的那么夸张。其实，最让我尴尬的还不是我的身材，而是我的声音，我正在变声，听起来像鸭子叫似的。唉，真是可惜了我这副好嗓子。不过也没关系，我反正以后想当侦探，不想当歌唱家。

　　我是吉米·富特，糖溪帮中最小的一个，大家都叫我"**小吉**"。别看我年龄小，胆子可不算小，别忘了，我还打死过一头大黑熊呢！当然，我最大的梦想是当一名宣教士。

目录

1

糖溪发洪水了

春天，糖溪发了一场特大洪水。你还记得去年冬天，我们上山去小木屋看望帕老头吗？我估计那样的暴雪天气以前从来没有过。雪下啊下啊，不停地下，几乎下了一个冬天，因此当积雪融化时，糖溪就泛滥成灾了。

可是，假如没遇到这场洪水，假如我和小吉没差点淹死的话，那么后来当糖溪帮去北方野营度假的时候，诗集、蜻蜓和我没准儿就真的淹死了。诗集、蜻蜓、小吉都是我们帮的男孩，我马上会介绍他们。在给你讲野营的曲折经历前，我要用一两章来讲讲那场著名的糖溪洪水。

春天一到，积雪消融，雪水奔流，涌下山坡，漫过田野，汇入糖溪，把糖溪惹怒了。它从漫长的冬眠中醒来，在乡间肆意横行。它那汹涌的棕色水流叹息着，唏嘘着，沸腾着，咆哮着漫

湖上奇遇大狗鱼

过田野、沼泽、河汊，像一只残暴的八爪鱼伸出了水做的棕色长指头。

也许我本不该把小吉放进一只大洗衣盆里，拖着他漂过浅水去他爸爸的猪圈。当时猪圈淹没在两英尺①深的洪水中，水似乎还会往上涨，而小吉的猫咪恰巧被困在猪圈顶上，喵喵地叫个不停。我们怕它淹死，就决定在洪水上涨之前把它救下来，还能顺便找点乐子。

连毛头小子也懂得在急流中乘筏子漂流有多危险，我们本没打算干这种傻事，可结果证明我们的行为同样危险。当时，小吉家的平顶矮猪圈已经有一部分淹在水里了，水是从河汊溢出漫进他家场院的。此时，我们的计划似乎并不危险。而且，当我们出发去小猫被困地点时也没出危险。假如糖溪上游的堤坝没有决口，我们的救援行动就根本不会有危险。可是，堤坝决口了，放

糖溪发洪水了

①1英尺=30.48厘米。

3

出3英尺高的一堵水墙，朝我们直逼过来……

讲得太快了，我还是先介绍一下糖溪帮，免得你对我们一无所知。在汤姆·提耳加入之前，全帮只有6个人，他加入之后就变成了7个——7是个完美的数字。

首先介绍我们帮的最佳成员——小吉。小吉是一个长着闪亮蓝眼睛的漂亮小孩，也是一位了不起的小基督徒。以前，他是糖溪帮里唯一拥有真正信仰的人，后来其他人才陆续醒悟。原来，当基督徒并不意味着整日悲悲切切，耷拉着脸，或者变成娘娘腔。我们发现耶稣自己也是从我们这么小的小男孩过来的，而且他比我们的父母更喜欢小男孩。

大吉是我们的头头。他刚开始长胡子，他的胡子嫩得像小乳鸽身上的绒毛。他是镇上武功最棒的，曾将汤姆·提耳的大哥鲍勃打得屁滚尿流。

大吉和小吉不是亲兄弟，只是好朋友，但俩

湖上奇遇大狗鱼

4

人感情很深，比帮里其他人之间的感情都深。不过，我和诗集之间的感情也不亚于他俩。诗集拥有水桶般的身材和侦探般的头脑，心里装着101首诗，总是张口就来。他的嗓音像小公鸡学乌鸦叫一样难听，在教会唱歌的时候，他发出的是一种混合了男低音和童声高音的吼叫。

杂耍是我们的杂技演员，擅长空翻和滚翻，对爬树的喜爱超过了馋嘴男孩对草莓的喜爱。你知道吗？杂耍的爸爸以前是个酒鬼，后来在他身上发生了奇妙的事，我们教会的牧师称之为"重生"。从那以后，他就变成了一位了不起的父亲。当然，我自己的爸爸也很了不起，他一定是世界上最优秀的男人，否则妈妈不可能嫁给他。

噢！你真该见见我亲爱的妈妈和我可爱的小妹妹——夏洛特·安。妈妈有一头棕灰色的头发，虽然不如小吉的妈妈长得漂亮，但她拥有我见过的最甜美的脸庞。即使她一言不发，我也

糖溪发洪水了

能感觉到她在向我、爸爸和妹妹传达着美好的讯息，有点像无线电发报。

让我想想……我讲到哪儿了？啊，想起来了，我正在给你介绍糖溪帮，只剩蜻蜓没介绍了。蜻蜓长着一双圆鼓鼓的大眼，酷似金鱼眼，但更像眼睛大得跟脑袋差不多的蜻蜓——当然，我们的蜻蜓没那么夸张，可他的眼睛确实很大。他的鼻尖不像一般男孩的鼻尖那样朝前，而是朝下的。跟他一起玩上几次，你就会发现他是个很棒的小家伙，你会非常喜欢他，根本不会在意他长相寒碜。这就是糖溪帮成员：大吉、小吉、诗集、杂耍、蜻蜓，还有我——红头发的比尔·柯林斯。也许我该告诉你，我的脾气很暴躁，经常像爆竹一样炸开，使我麻烦不断。

现在接着讲糖溪历史上最严重的那场洪灾。连帕老头也不记得经历过比这次更严重的洪灾了。帕老头是个善良的白胡子老头，住在山上，

湖上奇遇大狗鱼

6

他是糖溪地区最早的居民之一。

我在上本书《意外大营救》中给你讲过，在一个寒冷的雪天，我们救了帕老头一命。当夜，我爸爸和杂耍爸爸，还有很多男人一起顶风冒雪上山找我们。次日，我们终于安全回家。雪一直在下，道路全被阻断，我们不得不在牲口棚旁边的大雪堆里挖出一条通道才进了家门。

过了一段时间，一段美好而漫长的时光，等到夏洛特·安又长大一些，学会叫"爸爸"而且能不靠枕头自己坐起来的时候，春天便悄悄临近了。先是暖一天，冷一天，阴雨连绵几天，接下来又会暖一天。到了3月末的一天，老糖溪开始从漫长的冬眠中苏醒。

发大水前的一个星期，糖溪尚未解冻。那天，我们正站在横跨糖溪最宽、最深的河段的一座大桥上，俯视脏兮兮的、雪盖冰覆的河面时，突然听见一阵低沉的隆隆声，从大桥正下方开

糖溪发洪水了

始，沿着糖溪一路向上轰响至泉眼，犹如一声霹雳拖着吵闹的长尾音响彻天际。

小吉像挨了打似的大叫起来："怎么回事？"他显得很害怕，他时常害怕。

大吉说："噢，是冰层破裂的声音。河水正在解冻，不出几天冰层会全部裂开，破碎成千百万块，轰隆隆地冲向下游，到时候可有好看的啦！瞧见那边的老榆树上那些丑陋的大疤痕了吗？在快到主枝那么高的位置上？那就是去年的河冰撞出来的痕迹。看见下面桥墩上油漆剥落的地方了吗？也是去年的河冰蹭掉的。"

喀喇喇！轰隆隆！冰层在破裂，积雪在融化，天气暖和起来了。

我们站在桥上望着糖溪冰封的老脸，我惦记着冰层下面可爱的鱼群。我在想，如果天气预报准确，从今晚开始将连下一个星期的雨，那些脱离父母的小鱼被湍急的河水冲往下游不知什么地

湖上奇遇大狗鱼

方，它们会有怎样的遭遇呢？

天气预报果然准确，当天晚上开始下雨，不停地下。冰层融化破碎，往下游漂去。河冰聚集成不同尺寸、不同形状的大厚块，就像从冰箱里拿出来的无数的巨型冰块，只不过看上去像是活了一样。糖溪的棕色水流在冰块下面顶，在冰块上面淌，从冰块间的缝隙中挤，稀哩哩，哗啦啦，轰隆隆，像抱窝的老母鸡一样烦躁，恼怒，慌乱。

告诉你吧，那景象非常壮观，响声非常震撼，我们隐隐感到要出什么事了。

的确出事了——不在那天，而在之后不久的一个星期天，我去小吉家替妈妈跑腿儿的时候。那天，妈妈给我派了一个差事，所以我有充分的理由去找小吉。

小吉的宠物熊已经被卖到了动物园，因为小熊长得太大，不再适合当宠物，而且有时很暴

躁，弄不好哪天就会生气伤人。小吉的父母买了一只灰白色的小猫给小吉当宠物，免得他孤独。

那天下午两点左右，我穿着长及大腿根的胶靴"扑哧扑哧"地走进小吉家的后院。他就快练完钢琴了，弹的是一个叫李斯特的人写的复杂曲子。

太阳当空照，这个春日格外暖和。我能听见糖溪在半里地外哗哗流淌，真想过去看看发大水的壮观景象。可父母们再也不让我们站在桥上，因为不安全，糖溪上游有几座桥已经被冲垮了。

洪水灌满老沼泽，涌入小吉爸爸的农场上的河汊，漫进他家场院，形成一个肮脏的棕湖，院里的麦秸垛就像矗立在湖里的棕黄色大岛。

小吉练完钢琴出门来找我。

我们打过招呼后，他仍旧耷拉着脸，因为没有小熊作伴。

"我来借一些苏打粉。"我说，"新来的小猫还好吗？在哪儿呢？我想看看。嘿，今天天气可真

10

好。要是咱们能到河边去看发大水就好了。"

他咧嘴笑着听我东拉西扯，然后叹口气嘟哝："我只想找回我的小熊。"

我试着逗他开心，可没成功。

这时，我看见他的灰白小猫在场院里的猪圈顶上。小猫可怜巴巴的，不知怎么就被困在了猪圈顶上，大概因为上去逮老鼠的时候没留神洪水上涨。它在上面喵喵地叫个不停，像迷路的男孩一样慌张。

看来救生员有任务了，小吉和我立即决定投入救援。

"咱们过去把它弄回来。"我说。

当时没有什么危险，因为水没有流动。水从河汊漫上来以后就停在他家场院里，形成一个肮脏的大湖。

"咱们应该弄条船。"我边说边环顾四周，寻找适合乘坐的东西。

11

　　小吉首先想到用洗衣盆当船的，但是洗衣盆不够大，只盛得下小吉一个。我想：反正自己穿着长筒靴，可以蹚水拉着他，等到了猪圈，我就把小猫也放进盆里，然后拉着他俩返回岸上，也就是猪圈旁边的一个小山坡上。

　　我们很快就拿来洗衣盆，小吉蹲到盆中间，我用一条长绳拉着他往猪圈去。

　　我穿着大胶靴噼里啪啦地蹚着泥水，小吉漂在我身后，咧着嘴，牙关紧咬，双手抓住盆边，努力保持镇定。

　　"你爸爸去哪儿了？"走到一半的时候，我问他，这时小猫比刚才叫得更凄惨了。

　　"他和大吉的爸爸在河汊另一头堆放沙袋呢。"小吉说，"这样水就不会溢出河堤淹了我家的田。要是淹了，爸爸去年秋天在垄间播种的小麦都会被冲走的。"

　　我们对洪水没什么了解，只是在小时候听说

湖上奇遇大狗鱼

12

俄亥俄河发过一次大水。可不管怎么说，我们玩得挺开心，于是继续蹚着泥水往猪圈去。

很快到了猪圈，小吉和我爬上顶棚坐下晒太阳。我们假装自己在一个魔岛上，一会儿是海盗，一会儿是遇难的水手。

我们把毛茸茸的小乖猫放进盆里推到水中——我是说，把盆推到水中，猫在盆里。我们漫无边际地聊着天，讲着故事，说到即将去北方露营的事，想象到时会有多少乐子……

时间慢慢地流逝，山上的积雪一点点地融化，所有汇入糖溪的小支流一刻不停地向糖溪倾泻。在河汊另一头，男人们马不停蹄地往堤岸上堆积大沙袋，以防小吉爸爸的农田遭水淹。

男孩一玩得兴起就忘了时间，整整两个小时过去了。突然，小吉说："比尔，快看！水涨高了！都快……小心！"他尖叫起来，"咱们在移动！咱们在……"

糖溪发洪水了

13

　　我将信将疑，低头看水时，发现果然比刚才高出许多。猪圈的后墙在往下滑。我猛地意识到我们要遭殃了。

　　我眺望河边，只见一根大木头正朝我们滚过来。浑浊的水流打着漩涡，裹挟着玉米秆、树枝、木片和各种各样的垃圾。

　　木头径直冲向我们，速度越来越快！似乎糖溪里所有的水都泛滥到我们下方的农田里了，似乎村里所有的木柴垛都被冲散，随水漂走了。

　　小吉紧靠着我，我也紧靠着他，我俩双双抓紧猪圈顶棚，心里明白，如果猪圈再从坡上往下滑一点，就会倒塌或者卷入急流，我们就会被冲走。我很害怕，非常害怕，整个人都木了，脑子里一片空白。

　　只听"咚"的一声巨响，大木头撞到猪圈墙上。只这一下，猪圈就松动了，开始顺水漂流。一转眼，我们就漂远了，猪圈一个劲地旋转，可

湖上奇遇大狗鱼

14

是居然没翻倒！我们被冲往大桥方向，那里是糖溪水势最凶猛的地方。

"咱们……咱们完了！"小吉的牙齿在打战。接着，那小家伙表现出一名优秀基督徒的风范，说道："淹……淹死咱俩，要比淹死小汤姆或者大鲍……鲍勃强，因为他……他们没有得救。"

真不简单！他知道我们当下淹死就会立刻回天堂！这种认识可比世上很多绝顶聪明的人深刻得多。

糖溪发洪水了

2

杂耍救了比尔和小吉

你 知道吗？坐在猪圈顶上在洪水中漂流的感觉很奇怪。我猜，我们移动的速度并没有想象的那么快，只是在不停地绕着小圈子，任由水流摆布罢了。

若不是我们害怕得要命，这个经历其实挺有趣的，因为紧跟在我们身后的是小吉妈妈的大洗衣盆，盆里坐着那只白脸小花猫，它看上去比我们更害怕。

我心里想：要是我们淹死了怎么办！要是我们再也见不到父母和帮里的弟兄怎么办！

我们漂啊漂，穿过田野，越来越接近糖溪的主流，那里的水势比一窝熊蜂还要狂乱。我们并不是径直漂向大桥，而是朝高高的公路路堤漂去。看样子，我们会先撞上路堤，再擦着边顺流漂向大桥。

湖上奇遇大狗鱼

要是遇不到任何阻挡，我们肯定会被卷入汹涌的棕色激流，打着急转穿过桥洞，漂到水势最凶的一侧，以迅雷不及掩耳之势冲向下游的大岛。岛上长着几棵大树，也许我们会撞上树，停住，然后就能抓住树枝爬上去。

"快看！"小吉大叫，"路上有人！"

果不其然，那人是杂耍，我们的杂技演员。他边跑边嚷边挥手，企图在我们撞上路堤之前赶到堤边。我脑中的思绪纷乱如麻。

接着，我看见路堤底部有一根电线杆，这才明白杂耍嚷的是什么。一眨眼，他就跳进水里，朝电线杆游去。他在和我们比赛，结果他率先赶到，像爬树似的把双腿缠在电线杆上。

与此同时，我们从旁边迅速漂过，洗衣盆载着猫咪紧随在后。

杂耍迅速伸出右脚，像章鱼伸爪抓人一般，一下子便勾住了绳子，绳子一端拴着洗衣盆，一

杂耍救了比尔和小吉

端系在我腿上。

我还没反应过来，就被拽下了猪圈顶棚，离开了小吉，落入水中。

只要杂耍用脚钩住绳子不放，只要我能抓住电线杆，就可以得救。可是一切来得太突然，我沉了下去，经过一番扑腾，才又浮上水面，努力游动起来。

我一只手去抓绳子，回头一看，只见小吉正趴在猪圈的平顶上，迅速漂向大桥，漂向糖溪水势最汹涌的地方。我看见他的脸依然白得如同打印纸。

他颤颤巍巍地朝我们挥了挥右臂，哆哆嗦嗦地喊道："再……见！"然后转过身去，双手抓住顶棚，漂远了。

我一想到自己快要得救，而我最好的朋友可能丧命，心里就很不是滋味。我拽着绳子游向电线杆，小吉悲伤的面孔在我眼前挥之不去，萦绕

湖上奇遇大狗鱼

在我耳际的是他几分钟前说过的话——"淹死咱俩，要比淹死小汤姆或者大鲍勃强，因为他们没有得救！"

就在那一刻，我认定：世人所做的最愚蠢的事莫过于不悔罪，不让耶稣拯救，因为谁都说不准什么时候会出岔子，导致意外身亡。不提前预备好进入永生是愚蠢的，是极其荒唐可笑的！

我一边想，一边和杂耍奋力爬上通往公路的陡峭堤岸，小猫也被我们救上来了，与此同时，我也在考虑是否还来得及救小吉。我想，如果我们一爬上公路就飞奔到大桥下也许还来得及，我们可以探身下去抓住小吉的胳膊，把他拉上来。桥下的水位很高，如果他站起来，我们就能轻易够到他。

说得不如做得快，我们爬上堤岸，解开绳子，放下洗衣盆和小猫，就扑哧扑哧地上路了，浑身湿淋淋地朝大桥跑去。……我感觉像是在梦

杂耍救了比尔和小吉

21

里被野兽追逐，跑不快，脱不了身……我知道这不是梦，我愿意付出一切代价，任何代价，来挽救小吉的生命。

杂耍则"哧溜"一下，像一道闪电划过公路，把我远远地甩在后面，双脚撩起的沙石在身后飞扬，犹如骏马奔腾。

我上气不接下气，半喘半哭，跟跟跄跄地跟在杂耍后面。我怎么就没想到应该脱下雨靴，就能跑快一些呢！望着杂耍，我情不自禁地联想到橄榄球赛，我仿佛在看一个四分卫抱着球冲出乱作一团的队员跑向球门。

然而杂耍怀抱的不是橄榄球，而是比它贵重百万倍的东西——一颗无比伟大的心，一颗充满了对小吉的深情厚爱的心。

就在这时，我被路上的一块石头绊倒，摔了个大马趴。我爬起来，继续往大桥跑。我听见有人大声地催促我，于是加快速度，甚至感觉不到擦伤的疼痛。原来，我摔倒的时候，右手两个指关节上的皮全被地上的沙粒搓掉了。

不一会儿，我来到大桥，可是看不见一个人，连杂耍也不在。我放眼望去，只见水流最湍急之处，猪圈的顶盖起伏旋转着，上面却没有人！

"快点！比尔，快过来！"从下方传来杂耍的叫声。

我急忙四处张望，却不敢向下看，害怕看见小吉和杂耍双双落水。我穿着灌满水的靴子，寻声赶过去。

原来杂耍在这儿呢！他的双腿缠在连接两个桥墩的钢梁上，头朝下倒挂着，两条手臂与小吉的缠绕在一起，死死抓住不放。

小吉也死死抓着杂耍，身子摇来晃去，双脚几乎碰到水面，水面上尽是泡沫，还漂着很多玉米秆和厚冰块。

虽然关注的是眼前，但我用眼角余光瞥见那猪圈撞到下游的一棵树上，打个转就翻倒了。

我立即帮助小吉攀着杂耍的身子爬到桥面上，他总算安全了。然后我去帮助杂耍，他的脸因为倒挂而憋得通红，双腿颤抖，似乎快要挺不住了。我用双脚撑住钢架，伸手去拉杂耍，勉强把他拉了上来，小吉已吓得虚弱无力，所以帮不上什么忙。

杂耍一上来，就咕咚一声躺倒在桥面上，气喘吁吁，胸脯上下起伏，就像刚参加完百米赛跑一样。

小吉安全了，我也安全了，好样的杂耍也安全了。我们仨累得直打哆嗦，却非常高兴。

我仿佛听见杂耍低声说什么"……救我"。

"杂耍，你说什么呢？"我问。

"没什么。"他说。可是过了一会儿，在送小吉回家的路上，我听见杂耍在唱歌。他有一副好嗓子，正在跟小吉的妈妈学习声乐。他非常喜欢唱赞美诗，有时甚至会应邀在聚会上演唱。我不会让他发现我注意到了，否则他会停下来——一个男孩发现别人在听他唱歌，往往会难为情。你猜杂耍这会儿唱的是什么？他唱的是：

主爱救我，主爱救我，
当我灰心绝望，主爱救我；
主爱救我，主爱救我，
当我灰心绝望，主爱救我。

我们在路上走着。我穿着长筒胶靴噼里啪啦地蹚着泥水快步向前。杂耍的鞋虽然已经湿透，但他仍小心避开大水坑，因为他母亲嘱咐他不要在泥坑里走。

小吉仍是干的，连脚都没弄湿。他迫不及待地要回到小猫身边——小猫原地未动，仍坐在洗

衣盆旁边，显得挺孤单。

　　小吉一见那只白脸小猫，就跑过去一把抱起来，搂在怀里。杂耍和我一起拎着洗衣盆送小吉回家。过了一会儿，小吉把小猫放进盆里，让我们抬着走，自己欢欢喜喜地跟在后面。他仰头看着杂耍，好像把这位救命恩人看成是世界上最了不起的人，我也认为他很了不起。

　　杂耍家境贫穷，头发不能经常修剪，外衣也是补丁摞补丁的，但这些都无关紧要，最重要的是他有一颗善良的心，这要远胜过某些富有的人。有些富人要么吝啬小气，要么紧闭心门，把天地之中最重要的那一位拒之门外。

　　这就是洪水事件最精彩的部分。现在，我来跟你讲讲我们坐房车去北方野营的事，这辆房车是帕老头给他外甥买来住的，也是让我们用来度假的。

　　我们的父母在听说小吉和我那天下午的疯

湖上奇遇大狗鱼

26

狂漂流经历后做出决定，去北方野营时，我们必须身穿救生衣才能乘船游玩。幸亏我们听了他们的，否则后果不堪设想。

等写到那儿的时候，我再跟你讲是怎么回事吧！我还会讲到一个叫"雪吹面"的印第安小男孩，讲到诗集和我在北方密林深处发现的火车车厢，还有很多激动人心的事。

杂要救了比尔和小吉

27

3

哇噢！糖溪帮要坐着
房车去露营喽

老糖溪在大发脾气之后平静下来，水面像羔羊的脸一样平和安详。洪水退去，在各家农场上都留下了一些小水塘，里面有鱼，我们不用钓鱼竿钓鱼，而是卷起裤腿在水里踩来踩去，直到水变得浑浊黏稠如同肉汁，使鱼儿不得不探出头来呼吸。我们接下来要做的就是弯下腰，把双手伸到一条鱼下方，小心捧出水面，只要双手扣紧，鱼儿就跑不掉。

夏天很快就来了，天气越来越热。7月5日，也就是我们的出发日期，一天天地临近，我们就要去明尼苏达州野营喽！

全帮人约好两点钟在泉眼集会，也许还要在糖溪里游上最后一回。帕老头的外甥巴里·博伊兰已经拖着房车从加州来了。他把车停放在泉眼

湖上奇遇大狗鱼

30

附近的一棵大橡树下，在里面住了一个星期。

博伊兰先生有一个特别的好处令我们欢喜：他曾经是童子军——我猜他现在仍是——知道一等军应该掌握的一切知识。

按计划，我们第二天一大早就出发。帮里人大都已经把露营装备放进了房车。我还要带一个洗漱包过去，放进我的行李里。洗漱包是防水材料做的一个长方形袋子，上面有很多小兜，用来放牙刷、香皂、梳子、鞋刷、小镜子和毛巾，所有东西都放好后，卷起来就成了一个小包。我本来不想带毛巾，但妈妈非要我带。

7月4日这一天，又是酷热难耐，我庆幸自己马上就要去舒服凉快的北方避暑了。很快到了中午，爸爸、妈妈、夏洛特·安和我围坐在厨房餐桌旁，除了招待客人的时候，我们几乎每天都在这里吃午饭。这顿饭，妈妈特意为我烤了我最爱吃的黑莓派。在以后的两个星期里，我就吃不到

哇噢！糖溪帮要坐着房车去露营喽

31

妈妈做的派了。

一想到明天，我心里就痒痒的，极其兴奋，却也有点伤感。我望着桌子那头一岁大的妹妹夏洛特·安。她坐在高脚椅里打瞌睡，半闭着漂亮的蓝眼睛，身子向前倾，就像糖溪边的柳树俯临水面。她的小圆脑袋上长着乱蓬蓬的黑卷发，头一点一点的。我心里有种奇怪的感觉，仿佛整个人被一只大钳子夹得越来越紧。我觉得，她是个很棒的小妹妹，真是好得不得了！

究竟是什么让一个男孩对他妹妹产生这样的感觉呢？

我又咬了一口派，尽量表现出最佳吃相，好在离家之后给父母留下美好的回忆。

我看看正在细嚼慢咽的妈妈，她的一头棕发里夹杂着几缕新长出的灰白色头发，这是我以前没注意到的。

我又看看爸爸，他就坐在桌子那头。

湖上奇遇大狗鱼

我想，他们是一对伟大的父母，我不在家的时候，他们肯定会想我的。

　　我突然觉得一点也不饿了。

　　"我可以先走吗？"我彬彬有礼地问。这个星期，我一直在读父母给我买的一本礼仪方面的书，每个男孩都应该读一读。这本书让我懂得，要想出人头地，就必须讲文明懂礼貌，即使在家也不例外。

　　"先走？"妈妈吃惊地问，"比尔，你怎么啦？你还没吃完派呢！我可是特意为你烤的。"

　　我低头看看盘子，大吃一惊。我竟然剩了一块派，这表明，对一个深爱父母的男孩来说，连黑莓派也算不上世间最重要的东西了。我吃完派，再次请求离开，并请妈妈务必在洗完盘子后立即叫我回来擦干。

　　我出了门，去牲口棚告别马、牛、猪、鸡，并特别向花猫老密西道别。密西做了母亲，养了

一大窝小猫崽，黑的、白的、棕的、黄的，各种颜色混杂在一起。

莫尔和吉姆是爸爸最钟爱的两匹马。它俩面对面地站在大圈栏里，吉姆的鼻子拱着莫尔的脖子，就像爸妈并排站着低头看夏洛特·安时的样子。

我弯下腰正要去拍密西，让它别因为我不在家而伤心焦虑，忽然听见身后传来公鸭嗓的声音。

"你好啊，比尔·柯林斯！"是诗集，他趁我不注意时溜进了牲口棚。

我吓了一大跳，侧转身子说："你也好啊！你怎么不说一声就进来了？吓得我差点从鞋里跳出来！"我低头看脚，脚上并没穿鞋。

"对不住。"诗集假惺惺地道歉，"你苦着脸看什么呢？"他走到我站的地方，低下头细细打量墙角里的密西和它养的一大窝小猫崽。

老密西看上去很幸福，黑白花的尾巴尖摆来

湖上奇遇大狗鱼

34

摆去，显得十分高兴，仿佛在说："谁说只有你拥有幸福家庭。瞧瞧我这一家子！"

看见这些小猫崽，诗集想起一首诗，随口背诵：

> 六只小猪和母猪，躺在草垛里；
> 亮眼睛，卷尾巴，挤来又挤去；
> 去果园，摘苹果，拿给它们吃，
> 只听小猪争着说：
> "给我，给我，求求你。"

这是我们音乐课本上的一首歌谣。诗集一时兴起又唱上了，声音难听极了，害得密西喵喵直叫，让他闭嘴，免得吵醒它的小宝宝——它们虽然没睁眼，但已经醒了。反正密西喵喵一叫，诗集就停止了歌唱，也许是我猛地一拉他的草帽，他才闭嘴的。

哇噢！糖溪帮要坐着房车去露营喽

35

　　出了密西家，我们来到牲口棚南侧的牧场边上，那里有个高高的麦秸垛。我们爬到顶上又滑下来，玩了好几次，可是顶着烈日玩耍实在太热，于是我们往回走，去大核桃树下的秋千上乘凉。我一直等妈妈叫我帮忙擦盘子，可她没叫。

　　我本打算爬到草料间上头去，坐在草堆里，为我即将离家远行而暗自感伤一会儿，可是诗集的到来改变了我的心情。我们决定下到泉眼去看看房车，会会帮里人。况且诗集还要把他添置的装备——照相机和新手电筒带过去。

　　我们每人还带了一个急救包，这是每家医药箱里的必备之物，万一有个磕磕碰碰就用得着了。急救包里装着各种各样的东西，有防水胶带、纱布、药棉、创可贴、红药水、剪刀等。

　　诗集看了一下表说：“估计大家今天到得早，咱们最好赶快过去。”

　　“我擦完盘子马上就走。”我心里虽不情

愿，嘴上却没说。一个绅士不应该把心中的不快之事全都说出来，这是礼仪书上讲的。

当我回到屋里时，爸妈都快将盘子收拾完了。

"你们为什么不叫我？"我内疚地问。

"给你个惊喜。"爸爸说。他扬起黑红色的眉毛望着我，好像对我宠爱有加。

"哟，那不是诗集嘛！"妈妈朝我身后望去，只见莱斯利·汤普森几乎把门口堵死了。"来一块黑莓派怎么样？"妈妈问他，"我们吃得够多了，比尔一走就没人吃了。"

爸妈总是热情招待我的每一位朋友，难怪附近的男孩都喜欢他们。

诗集吃完一块派，然后和我穿过树林去泉眼，房车就停放在那里。

我们经过老桦树，刚爬到通往泉眼的小山头上，就看见巴里·博伊兰发动了他的黑色大轿

哇噢！糖溪帮要坐着房车去露营喽

37

车，正要开走。他一看见我们，就停下车等我们过去。

他头戴一顶绣着童子军徽章的帽子，身穿领口敞开的卡其色短袖衬衫，露出大块棕色肌肉，跟爸爸的一样结实。他的脸几乎晒成了黑色，脸颊上有块小疤，是子弹打伤的，我在《老树洞的藏宝图》这本书中讲过，当时警察误认为他是银行劫匪，就开了枪。

"比尔，拿着。"巴里把房车的钥匙递给我，"我得去镇上办点事，得去半个来小时。你们可以把行李放在折叠床后面的隔间里。"他又对诗集说："我回来的时候，会顺道去你家把你的帐篷捎过来。"

钥匙在手，我感到自己备受信赖，大权在握。

帮里的其他人都还没到，诗集和我决定进去等。他可以先把洗漱包和毯子放好，这些是每个

湖上奇遇大狗鱼

人的必备之物。

我刚把钥匙插进锁孔，就听见泉眼那边有动静。我四下张望，只见一个红脑袋从大椴树后面探出来。

我知道那个红脑袋是小汤姆·提耳。他的鼻子在一次打架中挨过我一拳，他的大哥鲍勃十分粗野。虽然我俩都长着红头发，但我得承认，他是个挺棒的小家伙。

我开了锁，拉开车门，脱口喊道："嘿，汤姆！想看看里面什么样吗？"我突然想起去年冬天许下的诺言：有朝一日，我要为小汤姆·提耳做一件极其重要的事。

他从树后出来，有点不好意思，因为他不属于我们帮，但我很快就带他进到车里，并向他一一介绍。房车是一个大长屋子，里面一应俱全，有厨房、餐室、起居室、浴室、卧室和储藏室。

"瞧这儿！"我对汤姆说，他把蓝眼睛瞪得

溜圆。我将工作台一端铺着油布的活动板掀起立住挂好，下面露出两个灶眼，燃气灶连着一个大液化燃气罐，储气的钢瓶位于小餐室里的一个座子下面，不掀开座子是看不到的。

工作台另一端有水槽和水龙头，和家里的龙头不一样，这个龙头不是旋转出水，而是通过上提下压把水箱里的水泵出来，水箱位于餐桌另一端的长座位下面。

"喝杯水吧？"我从龙头下接了一杯水递给汤姆。

"你们在哪儿睡觉？"他问，环顾四周并不见一张床。

"就这儿。"诗集说着一屁股坐到一张小巧的蓝色长沙发上。

"七个人全睡这儿？"汤姆疑惑地问。

我们笑起来。

"不，只睡两个。瞧！"诗集一跃而起，

湖上奇遇大狗鱼

把沙发往外一扳，上半部就翻转下来，漂漂亮亮地，变成了一张宽宽的床，足够两三个男孩睡觉。只要铺上床单，放上枕头和毯子，就可以睡上去了。

"有的人会睡这儿。"我指着小餐室说，"这张桌子可以从下面抽出来，把这些垫子铺在上面就成了一张舒服的双人床。帮里的其他人会睡帐篷，到了北方以后，我们就把帐篷支在车旁边。宿营地在一个大湖边，我们每天早晚都可以去游泳，想什么时候游就什么时候游。肚子饿了，我们就甩钩钓鱼，想钓多少就钓多少。那里的鱼多极了，多到会被鱼线缠住——"

诗集插嘴道："有时候我们会用红发男孩做诱饵，鱼实在是太大了。"

小汤姆·提耳突然显得很失落。

我继续向他展示各种设施：冰箱、橱柜、小壁橱里的取暖炉、双门大衣柜、车尾的大储藏

室。车里还有插电灯泡的插座和一个装有内置天线、用来安放收音机的架子，可以用拖房车的小汽车给电灯供电。

小汤姆显得越来越失落。不一会儿，我一回头，发现他已经出了车门，下到泉眼，往家跑去。我看见他把手举到眼前抹了几下，估计是抹眼泪呢，我知道汤姆想跟我们一起去野营，想得不得了。

"拿着！"我对诗集说，"拿着钥匙等我回来。"

我一溜烟儿跑下小路去追小汤姆，叫他站住，可他不听。他一拐弯溜下陡坡，跑到桥下的背阴处站住，喘着粗气。我也下去，看见他双腿挂在桥下的一根钢梁上，假装在演杂技。

我越来越喜欢小汤姆了。于是我抓住机会，跟他说了去年冬天我对自己的承诺，也就是要力争让他加入糖溪帮。然后我给他讲了一个《圣

湖上奇遇大狗鱼

42

经》故事，是帕老头给我们讲过的。

他突然开口说："你们不在的时候，我是不会去上主日学的。北方那边也有主日学校吗？"

"当然有。"我说，"印第安人也去上呢。你见过印第安人吗？"

这时，我听见他爸爸在喊他，他显得很害怕，面色苍白，赶紧从桥下爬上来。我也很害怕，因为一想到鹰钩鼻的提耳老爹，我眼前就浮现出他那凶巴巴的样子。

"再见。"汤姆冲我喊道，然后光着脚丫噼里啪啦地飞奔过大桥。到家以后，他可能会没头没脑地挨一顿揍。他爸爸就是那种人，经常不分青红皂白地乱打汤姆。我爸爸就完全不一样，他总是认真考虑是否需要对我进行惩罚。

我决定跑回房车，准备等巴里和其他成员一到，就跟他们商量这件事。

哇噢！糖溪帮要坐着房车去露营喽

43

4

一路风景如画

热！热！热！太热了！那个7月4日除了热没别的。转天到了5号，热得更厉害，我们却欢欣鼓舞，因为马上就要出发去北方了。

9点钟，我们收拾停当，准时上路。巴里·博伊兰的黑色大轿车拖着漂亮的银顶房车滑下公路，驶过糖溪桥，一路向北，向着未来两星期的宿营地进发，我们都兴奋得想要"噢噢"大叫。

"做个男子汉！"我离家之前，爸爸对我说。他像往常那样给了我半个拥抱，以示疼爱。

然后妈妈给了我一个完整的拥抱，说："别忘了你是基督徒，小比利！"

这时爸爸过来，跟妈妈一起拥抱我，同时互相拥抱，这叫"三角拥抱"，我们经常这样做，特别是在我小时候。然后，我伸手下去，放在夏

46

洛特·安的玫瑰花瓣般柔软的小圆脑袋上，把"三角拥抱"变成"四角拥抱"。

"你带《新约圣经》了吗？"妈妈问。

"嗯。"我淡淡地回答，这是我临行前说的最后的话。但这轻轻的一声"嗯"是一个承诺，我承诺每天阅读《圣经》并像基督徒那样做事。

我们去了8个而不是7个人，因为小汤姆·提耳到底跟我们一起去了。轿车里容不下所有的人，我们必须分出3个去乘房车，那倒是有趣得很。我们轮流去坐，每开50英里^①就换3个人，这样大家都有乘坐的机会。

乘房车有点像乘火车。巴里嘱咐我们必须老老实实地坐着，否则会出危险，如果我们折腾起来，可能会让房车来回摇摆引发事故。

我兴冲冲地看着电线杆和树木嗖嗖掠过身旁，想象着即将迎来的快乐时光。

一路风景如画

---
①1英里=1609.3米。

47

一整天，巴里都在辛苦地开车。公路曲折蜿蜒，两边不是湖泊就是森林。第一天下午，沿途风景全是这样，却都不是我们的目的地。下午6点，我们停在一个湖边营地，支起诗集的帐篷和我们带的另一顶帐篷。

晚餐是在篝火上烤的热狗，还有圆面包和水果，吃完饭，太阳仍挂在天上，不过很快就会落下去。挺拔的树木在湛蓝的湖面上投下长长的影子，东边的天空飘着小块云彩，是紫色和淡黄色的，就像妈妈在家种的鸢尾。有些云彩看上去就像牛奶桶上漂着的一寸来高的奶油泡沫。当爸爸挤完牛奶，拎着牛奶桶往回走时，老猫密西就会跟着他跑前跑后，或蹭着他的腿，喵喵叫着讨奶吃。

不一会儿天就黑了，我们都穿上毛衣或外套。巴里拨了拨营火，火星迸得老高，巨大的黄色火焰一蹿一蹿的，就像杂耍爸爸的猎狗发现树

湖上奇遇大狗鱼

48

上有浣熊时绕着树上蹿下跳。

我想我永远不会忘记头一天晚上。我们每个人都讲了一个故事，准确地说，是讲了同一个故事的不同部分，牵涉到的事情又多又杂，都掺和到一起，所以诗集称之为"大杂烩"。大吉起头，讲到一个有趣的地方就停下，由诗集接着讲，每个人都续上自己编的一部分。等故事讲完，也就快到睡觉时间了。

然后，巴里·博伊兰又把长棍伸进营火拨了拨，搅起的火星就像射向天空的星星。我们围着火堆半躺半坐，等待巴里做一番特别讲话，这样的营火夜话每天晚上都会有，也是家长希望我们参加野营的一个原因。

巴里讲话的时候，我的目光掠过火堆，落在小汤姆·提耳身上。他的红头发梳理过了，蓝色的大眼睛正盯着巴里的棕色面庞，也许在看那脸颊上的疤痕，也许他认为巴里比亚伯拉罕·林肯

还伟大。

　　我希望世上所有的男孩子都能听听巴里的这番话。他讲的是《圣经》里的浪子的比喻：一个儿子得了父亲的很多财产后，没有理智地把钱存起来，而是带上所有的一切往远方去了，在那里任意放荡，挥霍一空。后来，又遇着那地方大遭饥荒，他变得穷困潦倒。而在家里，他的父亲因为儿子的出走整日忧心忡忡。

　　有一天，这个儿子找到一个放猪的活儿干，每日辛苦工作却吃不饱饭。他感到越来越悲伤，越来越孤独。他饿得恨不得拿猪所吃的豆荚充饥，那豆荚是喂猪的好饲料，当然并不适合人吃。

　　"孩子们，"巴里说，"天父给了你们每人一个强健的身体和一颗美好的心灵。我希望你们都能爱护自己，不糟蹋自己。你们绝对不能染上损害健康和玷污心灵的坏习惯，要保持心灵纯净，身体强壮。要让你们的思想纯洁得如同……

湖上奇遇大狗鱼

50

如同……"

一句话未完，巴里就住了口，停顿了约有一分钟。他再次把棍子伸进营火，搅起一阵火星。然后他重新说最后一句："要让你们的思想纯洁，就像上帝的独生子耶稣那样。天父从不以他为耻。"

说完，营火四周一片寂静，直到诗集扯开公鸭嗓，唱起希薇娅的爸爸教给我们的一首新歌。希薇娅的爸爸是我们的新牧师，很喜欢小孩。希薇娅是我们学校八年级的一个女生，大吉总爱向她献殷勤。

歌词是这样的："当基督徒很光荣，我感到无上光荣……"很快，大家都唱起来，没人在意诗集的公鸭嗓和汤姆·提耳的五音不全，只听杂耍银铃般的嗓子盖过了众人，仿佛是我们的男高音。

一觉醒来天已大亮，我们继续赶路，去更远的北方。

一路风景如画

巴里、小吉和我睡一顶帐篷，诗集和蜻蜓睡诗集的帐篷，杂耍、大吉和小汤姆·提耳睡在房车里。

我躺进睡袋立刻睡了过去，似乎又立刻醒了过来。爸妈给我的荧光手表显示，现在是凌晨两点。一个男孩怎么会睡得这么快？我竟然睡了整整五个钟头，却像是才过了半分钟！

不知怎的，我睡意全无，只听见巴里·博伊兰沉重的呼吸声。

小吉睡在我身边，也许是他在床上扭来扭去的，所以把我吵醒了。忽然，他嘟嘟囔囔地说起梦话，似乎想要醒来却醒不过来。我靠过去听见他说："洪水……发大水了……我们淹……淹死要比汤姆·提耳淹死强……我的小猫……我来了，小猫，别害怕！"

然后他一边哼唧一边在床上扭动，好像有人在追他，他又跑不快似的。于是，我伸出有点粗

湖上奇遇大狗鱼

糙的手，摸索着找到他的小手，握住……他突然深深吸了一口气，又呼出来，随后沉沉睡去。

你知道我在想什么吗？这是我心里的秘密，正因为有了小吉这样的朋友，我才会有这样的想法，不过这也算是故事的一部分，所以我就说出来吧。我在想，假如我是一个浪子，离家远行，过了一段放荡不羁的日子，后来幡然悔悟，返回家乡，回到父母身边，或者回到……回到上帝身边，那么他只要稍微伸出那宽厚慈爱的大手，放在我的手上，我就知道他已经原谅我了。如果我感到疲倦，我肯定能毫无顾虑地立刻睡去。

我将小吉的手握了很长时间，抽回来的时候也没有惊醒他。

帐篷外，湖水一浪接一浪地冲刷着岸边。我把脑袋探出门帘，只见夜空碧蓝，如同美国国旗上的蓝颜色，星星也像国旗上的星星一样明亮，还一眨一眨的，仿佛活了似的，我感到一阵寂

一路风景如画

53

窝，思念起父母。

再睁眼已是早上，门帘开着，小吉和巴里出去了，诗集正站在我旁边往我脸上滴水，好把我弄醒。

帐篷外面，帮里的其他人在叫嚷，在奔忙，在拆卸另一顶帐篷，准备出发赶最后一段路程。

诗集把门帘掀得大开，让阳光刺我的眼睛，还说：

一只小鸟嘴儿黄，

蹦蹦跳跳窗台上，

瞪着漂亮眼睛说：

"真不害臊，贪睡虫！"

我才不是贪睡虫，我拉开睡袋拉锁，滚了出来，飞身扑向诗集那烟囱般的粗腿，新的一天就这样开始了。

湖上奇遇大狗鱼

54

5

帕斯湖畔的松林度假村

不知从哪儿得来的印象，我以为北方印第安人都是头戴花哨的战帽或者留着漆黑的长发，头发上插满各色羽毛。可我们见到的大多数印第安人在穿着打扮上与其他美国人没有两样。街头的男女老少除了脸膛呈棕色外，其他地方都看不出区别来。

下午两点左右，我们驶入明尼苏达州的帕斯湖镇。巴里去邮局查看有没有我们的信件，又嘱咐管理员将以后寄来的所有信件都送到一个叫"松林"的地方，我们将在那里扎营。这个地方的邮递员送信不开汽车，而是驾驶汽艇"突突突"地在湖上穿梭。

帕斯湖所在的镇子也以"帕斯湖"命名。我们在湖边扎营，附近有一处名叫"松林"的度假村。

我们将房车停在一块类似停车场的空地上，

湖上奇遇大狗鱼

56

旁边有一座漂亮的小木屋。这是一个芝加哥人的地盘，他是个大胖子，长得像圣诞老人，只是脸上没有一根胡子。他特别爱笑，也喜欢男孩子。我们立刻把"圣诞老人"的绰号送给他，在他的地盘上扎营的这些日子，我们一直叫他"圣诞老人"，还管他妻子叫"圣诞夫人"！她是位娇小玲珑的女士，长得像小吉的妈妈，一笑起来就发出一种很特别的咯咯声。

圣诞老人告诉我们在哪儿停车，又帮我们支起帐篷，然后回去干活，砍伐场地后面的小树。在芝加哥时，他的医生曾建议他多在户外锻炼，争取减掉身上多余的十磅①肉，所以他才特地跑到北方来。

"看到了吧？"我对诗集说，这时我俩正在给帐篷敲地钉，"如果你不加强锻炼，还吃那么多派的话，等你长大了，就得靠伐木来减肥。"

---

①1磅=453.6克。

　　诗集哼了一声，用斧头背猛敲地钉，说："我宁愿像圣诞老人一样当个快乐的胖子，也不愿意当个暴躁的瘦子。"

　　"圣诞夫人"名叫乔芝娅，一看就知道她也喜欢男孩子。这时她正巧来到我们身边，说："喂！你们想不想来块派……"

　　"当然想。"诗集礼貌地说。他擦了擦额头的汗，舌头舔着嘴唇，就像小狗看见面前挂着一块肉骨头。

　　野营的序幕就这样拉开了。

　　圣诞老人主讲营火夜话，又教给我们一首新歌。第二天，诗集和我进行了一次奇特的冒险。

　　事情是这样的。下午，大吉、汤姆和巴里·博伊兰乘坐"圣诞老人"的那艘装有舷外马达的白色大船去湖里钓鼓眼鲈，诗集、蜻蜓、杂耍、小吉和我留下来看守营地，要是我们想钓鱼，也可以去码头垂钓。

湖上奇遇大狗鱼

但我们不想垂钓，我们想"拖钓"，也就是坐船钓鱼（我会在另一章里给你介绍这种钓鱼方式）。可我们现在去不了，因为拖钓的时候，一条船里只能坐3个人。于是，我们5个守营人就去游泳纳凉，然后回到诗集的帐篷里，在毯子上躺下休息。

我们睡了过去，直到被"圣诞老人"叫醒。他也刚睡完午觉，来叫上杂耍、蜻蜓和小吉跟他一起开车去镇上买些小鱼作钓饵，等到5点钟左右，船回来的时候，守营的人就可以去钓鱼了。

现在只剩诗集和我还在营地上。营地东边是度假村，相隔两三个街区的距离。圣诞老人的小屋在二者之间。营地另一边是森林，森林深处有一个印第安人保留地，也就是保留下来专供印第安人居住的一片土地。我想，那里印第安人的生活方式应该同我们在故事书里读到的一样吧。

我们很想去散步，巴里也没说我们不可以

去，况且诗集带着照相机，我带着望远镜，应该找机会利用。

不一会儿，“圣诞夫人”过来，蹓跶看见我们愁眉苦脸的样子，得知我们非常想去散步、去探险时，就笑了起来，从喉咙里荡漾出一阵特有的咯咯声，然后说：“我觉得在这个地方看书一定很舒服，如果你们想去周围侦察一番，那我就替你们守营吧。”

就这么说定了。于是，我们拿上照相机、望远镜和一小张手绘地图，出发了。

我们沿着湖边走了一阵，时不时地向湖面眺望，远远地看见他们在那儿钓鼓眼鲈。估摸着走了有一英里的时候，我们看看地图，然后朝正北方前进，印第安人保留地应该就在那边。

我们在茂密的森林里穿行，森林里有白桦、白蜡、绵白杨、冷杉和云杉。这个夏天我们在学习树木的知识，还收集各种树叶做成标本册。所

以，每当发现一种新树，我们就在小本上记下树名，然后捡一片叶子放进草帽带回营地。家长要是知道我们对这些知识感兴趣会十分高兴的。

诗集突然站住，问我："现在几点了？"

我看了看腕子上的黑表盘、白数字的小手表，告诉他已经快4点了。

"咱们应该离印第安人保留地很近了。"他展开手绘地图说，"我来瞧瞧。这是南，这是北。咱们一直朝正北方走了半个小时了。"

"是吗？"我怀疑，"我觉得咱们在大松树那儿往东拐了。"

"往东？"诗集反对，"咱们就是在那儿往北拐的！"

"不对。"我坚持。就在这时，传来一阵怪声，仿佛有人在用颤抖的声音尖叫。来到北方之后，我们听见过好几次这种怪叫，巴里说这是潜鸟的叫声。如果那是潜鸟的声音，就说明我们离

帕斯湖畔的松林度假村

61

湖边很近。我们仔细听，听出声音从背后传来。可是我们转过身去，发现背后根本没有湖。

诗集和我茫然地对视了一眼。

到了该回营地的时间，我们却连保留地的影儿都没见着。接着，我们又听见潜鸟的叫声，这回却是从正相反的方向传来，这就怪了，除非那只鸟没在原地待着！我迷惑不解地站在那里。

诗集和我又对视了一眼。

然后我们展开地图看了看，笑自己真笨，图上明明标着在我们北边有一条马车道，南边就是湖。无论往南或往北，只要走得够远，我们就能找到湖或者马车道，之后只要朝正确的方向走，就能回到营地。

可哪儿是正确的方向呢？

我俩都不知道。诗集没带指南针。

"如果知道哪儿是北，咱们就能走到马车道上去。那样应该比往湖边走近一些。"

"如果马车道在北边，湖就在南边。"诗集耷拉着眉毛看着地图说，"但愿那只潜鸟再叫一声。"

　　可惜潜鸟没叫。而太阳的方位也令人迷惑，太阳看上去像是在北边，但这是不可能的。

　　我从未真正走丢过，可现在这种感觉油然而生，这是一种糊涂的感觉。你随便朝哪儿望去，以为那是北、南、东或是西，但其实不是。这就是迷失的感觉。

　　我们索性躺下去，在草地上晒太阳，阳光从头顶上方树木的空当处射下来。

　　诗集皱起眉头，这表明他正在思考或试图思考。突然，他直起腰来说："把手表给我。"

　　"干什么？"我问。

　　他咧嘴笑道："我想拿它做个指南针，以前在书上看到过的。"他接过我的表，平放在太阳地里，望着表盘，眉头始终皱着。

"让我想想。"他说，"什么的一半等于什么？"

听上去像是复杂的算术题。我的算术一直不太好，而诗集的算术是全班最棒的。

他突然放声大叫："想起来了！想起来了！"他似乎真想起什么来了，"快给我一根小棍，火柴那么大的。我会在一分钟之内给你找出东南西北。"

看过诗集的表演后，我暗下决心一定要更努力地学习算术。

只见他把小棍竖立在时针的针尖上，然后旋转手表，直到小棍的影子与时针重合，时针自然是正指太阳的方向。

"看到没有！"诗集高兴地欢呼，"从时针到表盘上的12点，这段距离的平分线所指的方向就是正南方！"

没道理啊！可诗集说有道理，他还试图用一

大堆数字向我证明。

"一天有几个小时？"他问。

"当然是24个。"我说，"这跟哪边是南有什么关系？"

他不理睬我的质疑，又问："手表上有多少个数字？"

"12个。"我说。

他咧嘴笑道："回答正确，比尔·柯林斯。你的成绩顶呱呱。再来回答一个问题。如果太阳要花24个小时来完成一天的运行，那么完成半天的运行需要花多长时间？"

我的样子一定很呆，脑子更呆。于是他自问自答，脸上依然挂着顽皮的笑容："要花12个小时。那么，从正午12点到下午6点，太阳正好走完全天路程的四分之一。而这是12个小时的一半，也就是表盘上的一半。所以，太阳走两个小时等于时针走1个小时。所以……"诗集顿了顿，使问

帕斯湖畔的松林度假村

65

题的答案显得非常重要，"从表盘上的12点到小棍的影子与时针重合的位置，这段距离的平分线指向的就是正南方。明白了吗？"他问。

谁能明白他说的是什么呀！反正我是一头雾水，虽然后来发现他是对的。不过，我当即决定姑且相信他的话，他说哪儿是南，哪儿就是南吧！于是我们一跃而起，向我所认为的北方即他所说的南方前进。

我们时不时停下来用望远镜观察，希望看见马车道或者湖面或者其他什么，而不是没完没了的树林。

诗集拿着望远镜，不一会儿，他突然站住大叫："瞧！在那儿呢！是房车！我说什么来着！快点，赶快过去！"

迷失的感觉消除了，我如释重负，无比轻松，也撒腿跑起来。

跑了没两步，我们又停住了。原来我们看见

的并不是那辆美丽的奶油色银顶房车，而是一节奶油色的老式火车车厢！就藏在密林之中！

火车车厢！难道我们不仅迷失了方向，连脑子也迷糊了？

帕斯湖畔的松林度假村

67

6

密林中的火车车厢

火车车厢出现在密林深处！这是不可能的事，却又千真万确。我们起初以为那里有条铁轨，这样就能沿着铁轨走上正路，走到镇子上，找出我们身在何处。

可是那里根本没有铁轨，从来就没有过，所以我们依然像刚才一样迷失。一开始，诗集和我蹑手蹑脚地靠过去，后来不怎么害怕了，就迈上车厢一端的踏板，伸手敲门。

我们认为，这节旧车厢可能是什么人从铁路公司买来，搬到森林里当房子住的。在来北方的途中，我们在一些镇子上见过跟这一模一样的旧车厢，有些是供人居住的，有些甚至改造成了路边餐馆。

我们一再敲门，敲了五六次，都无人应答，于是试着推了推，门没锁，一推就开。我们进了屋，屋里有很多蜘蛛网，藤条靠背的老式座椅上布满灰尘。

窗户上挂着老旧的绿色卷帘，几乎全垂了下来，使屋子显得阴森恐怖，各种各样的念头像蛛网一样交织在我们脑中。

我们往车厢另一头走，心里七上八下的，始终觉得不该闯入别人的地盘，可又不忍停下来，因为我们太喜欢探秘了。

突然！

车厢一端有动静，就在我们进门的地方。

接着，伴随"吱——"的一声尖响，旧滑门被推开，一个高大的身影出现在门口，堵住了走廊。那是一个古铜色的印第安人，头上戴着羽饰战帽，颈上挂着骨制长珠串，左上臂戴着一只黄铜臂镯，右手腕戴着一只黄铜手镯。他手握弓箭，面有怒色。

他身边站着一个小男孩，梳着黑色发辫，面

密林中的火车车厢

71

容沉静得如同雕像。

可是，这些事只在书里才有，不可能发生在现实生活中，更不可能发生在糖溪帮成员身上！这不可能是真的。一切都混乱不堪，肯定是一场梦。想想吧，谁会用小棍和手表辨别方向！谁会在没有铁轨的密林深处发现一节火车车厢！哪有戴着珠串和战帽的活生生的印第安人！我一定很快就会醒来，发现自己睡在诗集的帐篷里。

更荒诞的是，那印第安小男孩的手里拿的不是弓箭而是一把扫帚！就像我妈妈在家用的那种。我希望自己即刻回到糖溪地界，否则就赶快醒过来，只要别待在这里就行。

就在我双膝发软，要跌坐在椅子上的时候，那印第安大个儿露出了笑容，他的牙齿又白又亮。接着，他说起话来，说的是一口纯正的英语，或者应该叫美语。

"下午好。你们在我的教堂里做什么呢？"

湖上奇遇大狗鱼

72

教堂！毫无疑问，这就是一场梦！

却又不是梦。

"别害怕。"印第安大个儿说，"我不会伤害你们。这位是雪吹面，是他让我穿上印第安传统服装，假扮成很久以前的印第安人。"他又笑起来，"想看看箱子里面是什么吧？你们是糖溪帮的男孩，在岬角另一边露营，对不对？我认识你们。雪吹面和我一直在跟踪你们，怕你们迷路，想帮助你们找回营地。"

"你……你是谁？"诗集结结巴巴。

他还在害怕，我还在做梦。

我仍怀疑这是一场梦，直到过了一会儿，印第安大个儿摘下战帽放在坐椅上，然后说："来，雪吹面，把扫帚给我。咱们得干活了，把教堂打扫干净，为今晚的聚会做准备。"

我们逐渐清醒过来，原来，"圣诞老人"所在的芝加哥教会集资买了一节旧火车车厢，运到

密林中的火车车厢

印第安保留地的森林里充当教堂。这要比买一座现成的教堂便宜。

那个印第安大个儿叫鹰眼，雪吹面是他弟弟，他俩都是契帕瓦族人。

我们就像从旋风中逃生一般冲出了这团迷雾，毫发无损。鹰眼说，营地就在岬角的另一边，如果我们帮他清扫教堂，他过一会儿会开车送我们回去。那条老马车道就在教堂南边不远处。

我们没用多长时间就打扫完毕，然后走两个街区的距离去鹰眼停车的地方，坐他的旧汽车返回营地。到达营地的时候，钓鱼的那帮人刚好带着一长串鼓眼鲈回来了。

我拿出手表看时间，诗集心情极好，跟我打趣道："现在是什么方位？"

"南方过5分。"我咧嘴笑道，我好久没这么开心了。

这时候，圣诞老人带着蜻蜓、杂耍和小吉也开着车回到营地，雪吹面的脸上终于露出了笑容。他钻出鹰眼的老破车，踢踢踏踏地跑到那辆车前，接过一包棒棒糖，他肯定一直在等圣诞老人给他带糖。他俩似乎是一对亲密好友。

这时，只听见有人在码头那边喊我们，原来是汤姆·提耳，他正站在停在浅水里的船上，举着一长串大鱼。我从没见过那么大的大鱼，相比之下，蜻蜓和我去年夏天在糖溪里捉的那条11英寸①小黑鲈实在是太小，太不起眼了。

---
①1英寸=2.54厘米。

7

糖溪帮乘船去钓鱼

他们带回来的不只是一长串大鱼，还有一根绳索，上面单单拴了一条鱼，一条足足12磅重的白斑狗鱼！

哇！那条白斑狗鱼的嘴大得足以吞下一个男孩的脑袋，嘴里的牙齿像锯齿一样锋利，长鼻子看起来真滑稽。我多希望是我亲手把它钓上来的，这样我就能跟它合影留念了，大吉此时就在跟它合影，因为是他钓上来的。

我跟你说过，圣诞老人到镇上的活饵商店买了一些小鱼回来，有了鱼饵，我们剩下的人就可以去钓鱼了。现在轮到我们了，可是要去的人仍然太多。在一条船里同时钓鱼的人一旦超过3个就不好玩了，因为钓线会相互妨碍。

最终，巴里从度假村的租船处又租了一条船，这样一来，剩下的人就能同时去钓鱼了。圣诞老人带着杂耍和我乘他自己的船去，巴里带着蜻蜓、小吉和诗集乘租来的船去。小吉说他不钓鱼，就是去坐船兜兜风，只要有人钓到鱼，他一准儿会呐喊助威。

诗集赶紧说："那你别跟我们坐一条船了，我们可不想听你没完没了地嚷嚷！你到比尔的船上去吧，你在那儿能安安静静地待着！"

我拿上爸爸借给我的带线轴的钓竿，还有各种新式钓具，但我不怎么会用。不过，学习的过程还是挺有趣的，是"圣诞老人"教我的。

船儿劈波斩浪，"突突"地载着我们很快来到了开阔的湖面上。乘船游湖的感觉和我在家里坐在妈妈钟爱的摇椅上的感觉有点像，只是船不单前后摇晃，还左右摇摆，甚至朝各个方向晃动，无论船往哪个方向开。有的时候，船儿似乎同时朝四面八方摇晃。

乘船钓鱼真是有趣极了。湖面起伏不大，但

糖溪帮乘船去钓鱼

就算波涛汹涌我们也不害怕，因为每个人都穿着父母给买的救生衣，糖溪在春天发的那场大水让他们变得格外谨慎。救生衣有点碍事，但是穿穿就习惯了。我们知道，假如遇到暴风雨或者意外情况，比如船翻了，我们都会头朝上浮在水上，如果风不停地吹，我们早晚能漂到岸上。

我不得不遗憾地告诉你，这次出行，我们只钓到了5条鱼，而我却能听见小吉和其他人在另一条船上吵吵嚷嚷。他们的船比我们先行，绕到了岬角另一侧，所以我们能听见他们的声音，却看不见他们。

返航途中，我心里非常失落，因为我们只钓到5条鼓眼鲈，没一条超过15英寸长，而从另一拨人的吵闹声判断，他们一定会满载而归。可回来的时候才发现，他们只钓到两三条大石鲈，而且诗集的钓线乱糟糟地缠在一起，钓线也断了，钓钩和接钩绳也丢了，鱼也跑了，他声称那是一条

湖上奇遇大狗鱼

80

20磅重的大鱼。

那条船上倒是十分热闹，人人都在兴奋地形容那条逃跑的鱼有多大，诗集仍在为差点把它钓上来而兴奋得发抖。

诗集拿着钓竿和缠乱的钓线垂头丧气地走回营地，其他人跟在他后面，替他惋惜。

"我跟你说，它有这么长！"他在钓竿上截取3英尺长的一段比划着，"足有20磅重！"

"多重？"大吉一边嘟哝一边举起自己钓的那条12磅重的大鱼，仔细打量。

"20磅！"诗集坚称，"是真的，那感觉就像钓线另一头拴着一条大狗似的。"

大吉笑道："哈哈！要是我的鱼跑了，我也觉得它有20磅重，可是一称，它只有12磅。"

诗集愤怒地瞪了他一眼，然后走开，解他的钓线去了。我过去帮他，蜻蜓也来给我们作伴。

不一会儿，我们听见巴里召集大家来上第一

糖溪帮乘船去钓鱼

堂课，学习怎样收拾鱼。

　　我一开始并不想去。如果世上还有什么事比锄土豆和刷盘子更令我厌烦的，那就是收拾鱼。

　　不料，巴里收拾鱼的方法跟吃黑莓派一样简单，连鱼鳞都不刮。他将一条鱼放在案板上，拿一把锋利的长刀，从尾巴入刀，沿着鱼的中部一直片到鳃盖，一块完整的鱼排就被片了下来，饭店里称之为剔骨鱼扒。

　　他翻转剩下的半个鱼身，在另一侧也照此办理，沿着鱼的脊骨边缘从后往前一直片到鳃盖下缘。一眨眼的工夫，又一块雪白的鱼排被剔了下来。鱼排的一侧仍然连着皮和鳞。

　　然后，巴里捡起鱼头，所有的内脏、脊骨、鱼鳍和鱼尾还都紧连在上面。他将这些一股脑儿地扔进大纸袋里。我不喜欢收拾鱼就是因为讨厌内脏，可他居然没碰到内脏！

　　我忘说了，他是一只手操刀，另一只手拿一

湖上奇遇大狗鱼

块干布垫着，按住滑溜溜的鱼，以防鱼儿脱手。

剩下的事情就是剥鱼皮了，这跟剥香蕉皮一样容易。巴里把鱼排放在案板上，带皮和鳞的一面朝下。然后，他揪起鱼尾上的一小块肉，像拉锯一样让锋利的刀刃在皮肉连接处来回滑动，刀片始终向下压。大约4秒钟后，一块双面雪白、只有肋骨、不带脊骨的新鲜鱼排呈现在眼前。

我们没费多长时间就把所有的鱼都收拾利索，把鱼排放到冰箱里的冰块上冻起来。大家吃完晚饭，举行营火会，然后就该睡觉了。

巴里打算第二天进行一次"急救远足"，真正的童子军经常参加这种活动。我们来到北方已经三天了，没经历什么特别刺激的事，也就是说，没有真正冒过险，除了在火车车厢里差点被吓死的那次。

晚上睡觉前，我满心欢喜地想象着第二天将要发生的事。我们将有机会目睹北方到底是个什

糖溪帮乘船去钓鱼

么样，并且进行平生第一次急救远足，但我估计大吉以前参加过，因为他当过童子军，巴里当然也参加过。

天快点亮起来吧！我睡在诗集的帐篷里，小吉裹着睡袋躺在我身边，已经呼呼地睡着了。有意识地打呼噜是可以催眠的——在失眠的时候，只要假装睡着，懒懒地呼吸，发出锯木板一般的鼻息声，就能很快入睡。

湖上奇遇大狗鱼

8

奇怪的鱼排葬礼

第一周快过完的时候，我们遇到了危险，全是诗集一心惦记钓大鱼惹的祸。他对那条逃脱的鱼耿耿于怀，打定主意要在野营结束之前把它钓上来，就算拼上小命也要去。他把这个心愿告诉了我，而且天天跟我念叨。

巴里安排了一次急救远足。我们整个上午都在野外，来不及回营地做饭，所以早上就得把中午吃的鱼排预备好。

这几天，我们的一日三餐几乎全是在房车里的燃气灶上做的，而这一天的午饭要在地里做出来，这可是闻所未闻，不过我很乐意出一份力。早餐过后，圣诞老人来到营地给我们讲了一小段经文，然后，巴里给每个人分配任务，大家一起预备午饭。

湖上奇遇大狗鱼

我的工作是在地上挖一个坑，深度和直径都是18英寸。我从度假村拿来一把铁铲，埋头干起来。诗集、小吉和杂耍被派去捡石头，要捡两桶才能把坑完全铺满。这主意挺愚蠢，可既然巴里吩咐我们这么做，我们只得从命。诗集哼哧哼哧地把石头放到我身边，说："你得挖得够深才行。"

　　很快，坑挖好了，并且一块紧挨一块地铺上了石头。接着，大吉以交叉排布的方式放入引火柴和干树枝，堆起两英尺高的一堆，然后点火，让它燃烧整整一个小时。等待木柴烧尽的时候，我们在营地周围忙碌着，按照巴里的吩咐去摘椴树叶、山葡萄叶、黄樟叶，还从冰箱里找到一些生菜叶。

　　"比尔，过来，拿上你的铲子。"巴里把我叫过来，"你把灰烬和烧红的炭块挖出来，堆在这里。杂耍，你去挖一桶沙子来，快点。蜻蜓，

你去房车车门旁边，把那几个旧麻袋拿到湖里浸湿了，越湿越好，然后拿过来。"

这是要干什么，我们仍然摸不着头脑，但还是乖乖从命。我很快就把灰烬都挖了出来，只剩滚烫的石头在坑里。巴里在石头上铺满绿叶，接着动作麻利地将十来块大鱼排摆在坑中央，并在鱼排周围放上土豆、胡萝卜和玉米棒子，又在顶上铺满绿叶和石头，再铺上浸湿的麻袋片。

这时，杂耍拎着一桶沙子气喘吁吁地从湖边回来了。沙子被倒在麻袋片上之后，巴里又让我挖了一些沙土盖在上头，堆成一个小土丘。

哎，我实在看不出什么名堂来。似乎一场葬礼接近了尾声，鱼排就是尸体，现在只要再立一块墓碑，就大功告成了。

于是我转向诗集，用他的本名莱斯利·汤普森称呼他，严肃地说："莱斯利，去拿你的钓鱼竿，就是你钓到20磅大鱼的那根钓竿，把它立在

湖上奇遇大狗鱼

此地当作墓碑。"

诗集羞得满面通红。"你等着瞧吧。我一定要学会钓鱼。返回糖溪之前，我一定要把那条可恶的大狗鱼钓上来，哪怕拼上我的小命。"他信誓旦旦地说着，浑然不知这真的险些要了他的命。真险啊，要不是……打住，现在说还为时尚早，不过我很快就会讲到。先让我给你讲讲我们的急救远足吧。

"葬礼"结束之后，巴里递给我一个白信封，说："今天你来当'实验鼠'。"

当一帮男孩或童子军进行急救远足的时候，其中某个人会得到一个装有指令的信封，要求他假装遭遇某种险情，这个人就是"实验鼠"。在打开信封之前，他并不知道应该怎样假装。他比大伙先行一步，提前5分钟出发。5分钟后，无论他走到哪里都要停下来，打开信封阅读指令，然后遵照执行。

奇怪的鱼排葬礼

"实验鼠"有时要假装从树上掉下来，摔断了胳膊或腿；有时要假装晕厥；有时要假装掉进湖里溺水。其他成员随后赶到，查明情况，实施急救。这是很好的活动和训练。

现在正式出发。我拿上白信封向湖边走去，却被诗集叫住："嘿，你上哪儿去？"

"你别管！"我回头大喊，继续往前走，一心猜想信封里写的是什么。

按照巴里的指示，我应该沿着湖边走，走到那块巨大的岬角，然后继续沿着岸边走，直到看见鹰眼和他弟弟雪吹面的船，就停下来阅读指示。

天气晴朗，湖面就像银蓝色的大镜子，有几道浅浅的波纹。我走了一阵子，就看见岬角了，它向湖中突出约有半英里，好似长了个长脖子。

前一天，诗集和我就是在岬角那边走丢的，我们还不太熟悉那片区域。难怪我们会从两个相

湖上奇遇大狗鱼

反的方向听到潜鸟的叫声，原来是两只潜鸟隔着岬角在叫唤，就像两个男孩隔着操场呼唤对方。

岬角的另一侧有一片沙洲，附近有一群群喜欢追逐小鱼的鼓眼鲈，还有一条漫长的芦苇带，巨型白斑狗鱼就潜伏在湖底各处，等待活物游来给它们当早餐或午餐，到那时它们就会像鱼雷似的从水下射出，直击猎物。

如果那猎物体内碰巧有个钓钩，钩子连着钓线，线的另一端被一个饥饿的男孩把持着，那么这条白斑狗鱼自己就会变成男孩的盘中餐。

我一边走一边幻想着自己变成一条鱼，住在有趣的水下世界，被怪模怪样的鱼包围。我要去探险，潜水，直潜到湖底。我要组建一个特殊的鱼儿帮，快乐地游玩，其中包括一条大狗鱼、一条小狗鱼、一条胖嘟嘟的翻车鱼、一条身手矫健的黑鲈、一条眼睛暴突的鼓眼鲈，还有一条红鳍花斑梭鱼，也就是长着红头发和雀斑脸的我。

奇怪的鱼排葬礼

91

这时，我听见一艘汽艇突突突地掠过湖面——往营地送信的时间到了。我想象着大家争先恐后地跑上长栈桥，去桥头的邮箱里查看有没有谁的父母寄信来。

很快，我来到鹰眼和雪吹面的白船旁边。我停住脚，拆开信封，阅读字条，字是用打字机打出来的，内容是：

亲爱的实验鼠：

　　用你的手表找出南方，然后朝正西方走，一直走到岬角另一侧，你会在水边发现一棵沙洲柳。你要在那里假装溺水，但别真淹死。

　　你在柳树下面等着，听到我们的脚步声时，你就赶快没入浅水中并大声求救，然后装死，直到我们找到你并对你实施人工呼吸，5分钟后，你要在我们的提示下活过来。

湖上奇遇大狗鱼

我读完字条，把它放回信封，塞进兜里，然后摘下手表，又捡了一根火柴大小的小树棍。表上显示刚刚九点半，比我想象的要早。

　　我把表平放在手心上，把小棍立在时针的针尖上，转动表盘直到小棍的影子与时针重合。我知道，时针和12点之间这段距离的平分线所指的方向就是南方。

　　知道哪儿是南，谁都能找出西，于是我咧嘴一笑，朝西进发。我兴冲冲地走在路上，想起很多高兴事，觉得活着真好。我还回想巴里和圣诞老人在营火夜话里对我们讲的一些道理。我的肚子开始咕咕叫了，我惦记起在营地上湿漉漉的旧麻袋下面埋着的午餐。

　　我要说，活着真好，真是太美好了。一只红棕色的小兔子冷不丁地在我跟前跳起来，跑开了。一只傻潜鸟从湖上发出一阵怪叫。接着又有一只兔子蹿起来，撒开腿朝正西方跑去，跟我前

奇怪的鱼排葬礼

93

进的方向一致。

莫非那是北方？突然间，我有一种奇怪的感觉，朝各个方向望去都是一个样，除了树还是树，昨天和诗集在树林里迷路的感觉又回来了。

但我并不着急，因为我已经学会辨别方向了。我拿出手表一看——简直难以置信——仍然是九点半！我的表停了，也许早就停了！哎呀，估计现在应该有11点了，如果我能通过肚皮判断时间，应该早过12点了，我饿极了。

我停下来回想：我们把午餐埋起来的时候应该是10点左右，然后给诗集实施急救。嗯！让我想想，没错，现在应该是11点左右。

但这样一来方向就全变了！这意味着我一开始就没朝正确的方向走。我也许已经错过了柳树。

先不管它，我把表调到11点钟，上好弦，重新找出南方，然后向我认为正确的方向前进，心里充满疑虑：要是又迷了路可怎么办？

我继续走，知道自己就快走上正路，并且迟早会穿出森林，果然，又走了3分钟后，我听见了波涛拍岸的声响，看见了湖水，还有水边的沙洲和柳树。

我蹚着水踩在柔软的白沙上，在小柳树的树荫里躺下，心里纳闷：树影怎么跑到树的南侧来了？中午时分树影应该在北侧才对。

哎，算了，反正我的方向感一直不太强，随它去吧，我的感觉并不重要。南方就是南方，谁也改变不了！

我们这帮男孩喜欢巴里·博伊兰，并且认为家长让我们参加这种野营活动真是太明智了。

我躺在树下寻思着：大伙很快就会赶来救我了，但是，如果我真的死了，爸爸妈妈和小夏洛特·安也许会感到寂寞，而我也会思念他们。

首先，他们会将我的灵魂曾经寄居的、长

奇怪的鱼排葬礼

着红头发、雀斑脸的身体抬到教堂后面的公墓里埋葬。每个人都将放声痛哭，爸爸妈妈哭得最厉害。我们再也不能进行三角拥抱了——我想我最怀念的就是这个。

也许在天国里的某一天，我会走上一条僻静的小路，路两边的树上有很多鸟儿在鸣唱，在一座可爱的小山上坐落着一间老旧的木屋，已经收拾停当，只等帕老头到时候来居住。我想他是不会愿意住豪宅的。如果建房需要花钱，他会更愿意让耶稣省下钱来资助传教士传播福音，或者帮助世上的穷孩子改善生活。

我还可能在某个清晨上山去老屋旁为他照看花草，这样当他到来时，一切都会是他喜欢的样子。如果我渴了，我就会去他的泉边喝水，不过希薇娅的爸爸说我们在天国里是不会感到口渴的。也许《圣经》的意思是，一个男孩想喝水就总能有水喝。

也许耶稣会亲自走到老屋旁，微笑着把手放在我头上，他的手上依然留有为世人赎罪被钉十字架而落下的疤痕。他会笑着对我说："谢谢你，比尔。你为爱我的人所做的一切，都是为我做的。"也许他还会给我一个父亲式的拥抱。

我刚想到这儿，忽然觉得有冰凉的东西碰我的鼻子。我赶紧睁开眼，只见一只墨绿色的小龟眯着傻里傻气的眼睛在仅仅几英寸开外直勾勾地盯着我的眼睛。它离我太近了，我不得不弄成对眼才看得见他。我立刻明白自己并没在天国里。

我以前在糖溪里也见过这样的小龟。它们总是在水中游来游去，下潜上浮，有时会爬上岸四处游荡。有些龟甚至会像候鸟一样迁徙，不过它们远行的时候不像鸟或蝗虫那样成群结队。

我想起帕老头讲过，他小时候见过铺天盖地的蝗虫从一个地方往另一个地方飞行或迁徙，就像一大片乌云把太阳都遮住了，也把大地笼罩得

奇怪的鱼排葬礼

昏沉沉的。

再说龟，它们慢吞吞地在岸上爬来爬去，有时就会爬到马路上被车轧死，因为它们不会像懂事的孩子那样在过马路之前先左右张望，等到没车的时候再过。

这个小家伙和我一样惊讶，似乎对我没什么好感，我也同样不喜欢它。它连忙转身朝柳树爬去，背着它的硬壳房子一头钻进草丛中，就像林蝉一头扎进人的身体。我可不喜欢去哪儿都得背着房子，但如果它是我身体的一部分，可能我就不会太介意了。

就在这时，我听见一阵脚步声。我打了两个滚，滚到水里，大喊救命，又扑腾了几下，然后沉入水底，水只有8英寸深。我躺在水下，脸和鼻子露出水面，就像一只龟在水下张望，同时探出鼻子来，不过我一直是闭着眼的。

接着我又发出一声凄惨的尖叫，然后继续静

静地闭眼躺着。

　　我听见有人在沙地上"嘎吱嘎吱"地奔跑，酷似小孩嚼饼干的声音。

　　我继续紧闭眼睛和嘴巴，强忍笑意，心想湖水可真冷啊！这样想着我就笑不出来了。

　　我睁了一下眼又赶快闭上。你能相信吗？起初，连我自己都不敢相信。来的根本不是糖溪帮的人，而是黑头发、黑眼睛的雪吹面。

奇怪的鱼排葬礼

9

童子军的训练，比尔
“淹死”了

雪吹面焦急地俯视着躺在水里的我，样子看上去怪极了。他的美语说得不流利，显然他在家跟父母都说契帕瓦语。看到他嘴唇上留有草莓汁的印迹，我很高兴，这说明附近有一片野草莓，等我活过来以后，可以去找一找。

他迅速弯下腰抓住我，想要把我从水里拽出来。他只比我矮一点儿，但是非常壮实。当然，我不能让他拽我出来，因为帮里人随时可能赶到，于是我哼哼着向后瘫倒。

"怎么回事？"他嘟哝，"背疼？"

"不是。"我哼唧着，"我没事……哎哟！"

"腿折了？"

我摇摇头。

湖上奇遇大狗鱼

他跪到水边的沙地上，要把手伸到我的脖子下面，可我不让他碰。

"哪儿疼呀？"他焦急地问，"我去叫鹰眼。带你回家。"

"别去，别去！"我哼唧着，"别管我。我……我病了！"我想，这下好了，总算能阻止他拽我出水了。拽我出水是帮里人的责任，如果他们能找来的话。可怜的小家伙，他可替我难过了！

"肚子疼吗？草莓吃多了？你病得厉害。"雪吹面说，"我马上去叫鹰眼！"他急忙站起来，溅了我一脸沙子，把我的眼也迷了。

"站住！"我大嚷，"我没病。我……我死了！我在几分钟前淹死了！"

他连忙站住，流露出最怪异的神情，然后咕哝道："红头发的白小子发疯了！"说完就要走。

就在这时，岸上传来更多的脚步声。我一

看，是大部队来了——大吉、小吉、杂耍、诗集、蜻蜓、小汤姆，还有巴里·博伊兰。

巴里的样子可真像那么回事。他故意用很有威严的声音发号施令，好像我真的溺水了，必须实施抢救。

"赶快！"他下令，"诗集，去打电话叫蜻蜓大夫。杂耍，你跑回营地拿毯子来。"（其实毯子已经有了。他们出发时就带上了毯子，好把我裹起来。）

雪吹面尖叫道："我去拿毯子。离这儿不远。"

可大家没让他去。

在接下来的5分钟里，大家假装忙得不亦乐乎。大部队之所以没能尽早发现我，是因为我找错了沙洲和柳树。要不是他们看见了雪吹面，我可能要等更久。

大家把我从水里拽出来，开始实施人工呼

吸。当一个男孩停止呼吸但仍有心跳的时候，就需要对他实施人工呼吸，即使碰到心脏停跳的情况，有时也会实施，以防万一，万一他的心脏不是真的停跳。

我试图想象自己躺在地上的样子：头发乱糟糟的，脸色如同熟透的西红柿。管我叫"泥糊面"倒挺恰当。想到这里，我差点笑出来。

"赶快救人！"巴里命令，"别浪费时间把他搬来搬去的！越抓紧时间，你们就越有可能挽救他的生命！"这话有理，真正的童子军领袖就是这样教导的。

我猜巴里事先教过大家怎样去做，并指派诗集和大吉抢救我。他俩把我在沙地上翻个个儿，使我腹部朝下，右臂伸在头上，然后将我的左肘弯曲，左臂置于头下，让左手背和臂弯充当枕头垫着头，并把我的头转向侧面，使鼻子和嘴碰不到沙子，以利于我的呼吸。

然后大吉跨着我的右腿跪下来。突然，我感到他的一双大手掌按住了我的腰背，仿佛整个人的重量都压在我的背上，把我体内的气息全挤跑了，我哼哼起来，诗集听见说："他活了，这下好了。"可大吉"嘘"了声，意思是让他闭嘴。

大吉抬起手，然后又按上。他先用尽全力压下去，然后直起身，等两秒钟，再次俯身用力下压。对溺水的人实施这种方法可以重新启动他的肺，挽救他的生命。

抬起，下压，抬起，下压。大吉可真沉！我真希望他们赶快通知我活过来，好让我休息。

抬起，下压，抬起，下压。我真希望蜻蜓大夫赶快过来。

我能听见大吉呼吸沉重，他也干累了。我睁开眼睛，看见雪吹面仍是一脸焦急。他的小脑袋瓜肯定乱成了一团糨糊。当然，一看见他在望着我，我又迅速闭上了眼睛。

湖上奇遇大狗鱼

“行了，大吉。”巴里说，“让诗集替换你吧。”只隔了一秒钟，诗集的大手就奋力压下来，好像一吨重的软石头把我的魂儿都压跑了。我知道，如果诗集没能把我救活，那我就死定了。

“哎哟！”我呻吟道，“别太使劲了！”

接着，我又听见一阵脚步声。我睁开眼，看见蜻蜓大夫拿着一根叉形树棍假装听诊器。

“他有呼吸了。”诗集气喘吁吁地说。

我又透过浓密的红色睫毛瞄了一眼，看见蜻蜓拿着听诊器向我探过来。小吉俯身往我鼻子底下塞了一瓶开着盖的氨水，是杂耍给他的，那气味可真不好闻。

“把热水瓶放到这儿。”蜻蜓大夫说，“他的心脏还在跳，但跳得很慢。”

有人推过来一大块平石头，假装热水瓶，靠在我的腿上。与此同时，诗集每5秒钟给我做一次

人工呼吸，等于1分钟15次，不，是12次。

"他怎么样了，大夫？"巴里一本正经地问。

"再有1小时就能把他救活了。"蜻蜓说，"有时要花上两小时。没到两个小时，谁都不应该放弃，除非医生宣布他已经死亡。"

再有1小时！我似乎已经被他们摆弄3个小时了。

很快，蜻蜓再次听了听我的心脏，又在我的口鼻前放一片羽毛，看羽毛是否会动，我是否在呼吸。我确实在呼吸，羽毛也动了。

可蜻蜓正在兴头上。他直起身，像医生宣布重要情况那样沉痛地说："这个男孩死了。不用继续抢救了。"

够了，我忍无可忍。我一下子活了过来，打个滚，把诗集推到水里，然后气鼓鼓地坐起来，倒是活力充沛。

雪吹面看看我，又看看大家，咕哝道："白

小子全都疯了。"然后撒腿就跑，穿过沙地，跑上一条林中小路，往家奔去。

　　我连忙站起来，湿衣服上沾满沙子，像一条出水狗那样抖动全身，大嚷："我饿死了！"

童子军的训练，比尔"淹死"了

109

10
从地里挖出来的午餐

回到营地时，有两个惊喜在等着我。一个是从家寄来的信，另一个是从地里挖出的午餐。

估计帮里的其他人也像我一样饥肠辘辘，因为我们只走了一小会儿就回来了，比我一开始去沙洲要快得多。

我刚换完衣服，就听见大吉说："比尔，有你一封信。我们留在信箱里了。"

蜻蜓大夫陪我去长长的栈桥桥头取信，栈桥造得这么长是因为岸边的水太浅，汽艇过不来。

果然有一封从家寄来的信，是妈妈写的。她给我讲了很多事：密西的小猫又长大了；那天午餐吃的是蓝莓派；两天来，大鲍勃·提耳一直在帮爸爸锄土豆并在我家吃午饭。

妈妈又加上了几句很没必要的嘱咐，叫我一

湖上奇遇大狗鱼

112

定要在餐桌上有良好的举止，对每个人都要有礼貌，而且别忘了读经。妈妈居然担心我离家后不讲礼貌！我在别人家里跟别人在一起时总是很有礼貌的，我甚至在自己家里也开始讲礼貌了。

夏洛特·安也给我写了一小段话。她自己不会写字，是妈妈把着她的手，她以婴儿的方式拿着铅笔胡写乱画出来的：

亲爱的比尔大哥：

今天早上，爸爸妈妈和我来了一个三角拥抱，爸爸撑住我的一只胳膊，妈妈撑住另一只，我夹在中间。

然后他们坐下来，妈妈抱着我，爸爸读了一两句经文，又谈到你和我。

然后他们低下头，闭上眼睛，不知对谁说起你和我，还有他们自己。说完以后，我好像看见妈妈眼里有泪水，她对爸爸说："但愿比

从地里挖出来的午餐

113

尔在北方的时候，每次坐船出游都能记得穿救
生衣。"所以你一定要记得穿。

爱你的

夏洛特·安

我读完信，感觉就像有颗大草莓堵住了我的
嗓子眼。想到草莓，我就觉得饿了，于是和蜻蜓
大夫一起冲下栈桥，跑到大伙挖午餐的地方。我
想，挖出来的无非是生鱼、生土豆、生胡萝卜和
生玉米棒。

可我想错了！

首先，巴里小心翼翼地挖去沙土，避免挖得
太深。然后，他拿掉石头，掀开麻袋片，露出叶
子，叶子下面——喷香喷香！我在10米开外都能
闻见香味！

巴里将所有东西摆在大冷杉树下的简易饭桌

湖上奇遇大狗鱼

114

上，这样大家可以像吃自助餐一样随意走动，自取自食。但一开始，我们都围着饭桌站着不动，土豆和鱼冒出的热气勾得我们饥饿难耐。这时，巴里唱起一首歌：

　　　主啊，我们感谢你，赐给我们食物，

　　赐给我们生命和健康，以及一切美好……

　　我们都跟着唱起来，连汤姆·提耳也在唱，他的歌声不值一提，因为从头到尾都是一个调。而杂耍从童声高音转换成男高音，歌声如银铃般清脆动听。

　　我不守规矩地睁开眼睛，看见杂耍的棕色卷发和他那天晚上一溜烟儿地穿过大帐篷过道时一个样，当时我们镇上正在举行传道会，他和他的爸爸就是在那个晚上得救的。

　　我们很快在地上散开，有的盘着腿，有的蹲

从地里挖出来的午餐

115

着，有的半躺，各自吃午餐，这是我平生吃过的
最香的一顿饭。我在信中就这顿饭向家人大书特
书了一番。

我在信的末尾加了一段"附言"，写道：

亲爱的夏洛特·安：

我一定会记得穿救生衣。我有一个绝好
的小妹妹，她的小耳朵好像两片桃脯粘在小圆
脑袋两侧，而那小圆脑袋就像带着酒窝和笑容
的白里透红的南瓜，我怎么忍心弃她而去，独
自淹死在湖里呢？告诉妈妈不必担心。我正在
跟巴里·博伊兰学习如何操纵舷外小马达。风
浪不大的时候，我会驾船在岸边飞快地驶来驶
去。即使在风平浪静的时候，我们也都穿救生
衣，因为穿上更安全，我们也喜欢有安全感。
就算我们真的发生意外，突然发现自己掉进了
水里，我们也不会下沉，而会双肩朝上地漂浮

湖上奇遇大狗鱼

116

在水上，绝对没有危险。所以，你这个可爱的小肉虫就别替你那个雀斑脸的比尔哥哥担心了。再过10天，我就能再见到你了。

自己驾船真是太过瘾了，而且是再容易不过的事，因为驾驶说明就印在油箱盖上。当然，我在学习过程中犯过一些错误，但学会之后，在诗集和蜻蜓或其他伙伴的陪同下，我常常开着船在水上风驰电掣。

日子过得飞快，几乎每天都充满乐趣和激动人心的事，而且，我们每个人都从《圣经》里学到很多道理，因为每天早上都有半个小时的讲经课，主讲人有时是巴里，有时是"圣诞老人"或"圣诞夫人"。

我们每天至少吃一顿鱼，我平生唯一一次过足了吃鱼的瘾。我们打算在最后一星期钓很多大鱼，冰冻起来带回家，向家里人证明钓大鱼的故

从地里挖出来的午餐

事并不是我们瞎编的。自始至终，诗集都盼着自己把那天脱钩的20磅大鱼钓上来，帮里的其他人也盼着自己能钓到，可是谁都没钓着。

第一周的周末，一只小猫闯进营地，喵喵地叫着好像找不到妈妈了，小吉就喂它鱼和牛奶。它是一只小虎斑猫，长着老虎一样的斑纹和一张极其可爱的小脸。

"我敢打赌它迷路了。"小吉以他特有的说话方式说道。

我马上意识到糖溪帮不得不吸纳一名新成员，至少在回家之前。

一开始，我们很难走得开，因为小猫总是挡道，总想靠着我们的腿。

"你知道它为什么那么做吗？"有一天小吉问我。

"为什么怎么做？"我不明白。

他解释道："为什么它总是靠着你的腿，

湖上奇遇大狗鱼

118

慢慢地蹭过去，然后转过身，再从你的腿边蹭回来，始终不离开你的腿。"

"不知道。"我说，"它为什么这么做？"

"因为，"小吉咧嘴笑道，"它特别喜欢被人爱抚，它等不及你主动爱抚它，就会这样蹭你。它觉得很舒服，就像你正在用手抚摸它一样。小猫必须得到很多的爱。"

我望着小吉圆圆的大眼睛，心想，这个小家伙根本没意识到自己说了一些会被我爸爸称为"富有哲理"的话。

第二个星期还没过完，小吉就深深爱上了小猫，我们知道不带它回家是行不通的。可是，谁愿意让更多的猫在糖溪安家呢？我知道小吉的父母不会愿意在家里多养一只猫，而我们家肯定不需要更多的猫了。

不过，现在讲的是第一周，后面的事以后再说吧。很快就到了第一个星期日，全帮人都穿上

从地里挖出来的午餐

119

正式服装，开车去镇上的教堂。

这间教堂与普通教堂没什么两样，只不过约有四分之一的信徒是美洲印第安人。糖溪帮和朋友们单独坐成一排。坐在我身边的是小雪吹面，他的另一边是他妈妈。

"圣诞老人"献上一曲独唱，那是我听过的最美妙的歌声。

"圣诞老人"唱歌的时候，我朝杂耍望去，只见他眼里闪着光。他第一次听见有人唱歌唱得这么好。杂耍攥紧拳头，几乎在颤抖。我能看出他对"圣诞老人"的喜爱不亚于我们大家对巴里·博伊兰的喜爱，我们都希望做他俩那样的人。

散会后，杂耍和我站在汽车旁看众人回家，忽然，他望着我说："等我长大了，我要在一个大城市的教会里当一名牧师，又唱歌又传道。"说完，他爬上汽车后座，掏出一把折刀，抽出刀

湖上奇遇大狗鱼

片左看右看，仿佛这把刀有什么奇特之处，他边看边眨眼睛，似乎眼里进了沙子。

吃完午餐，我们都换了衣服，确切地说，我们是先换衣服，后吃的饭，饭后又睡了一小觉。如果男孩子在星期天下午能踏踏实实地睡一小觉，是有利于身体健康的。睡醒后，我们徒步去印第安保留地附近的火车车厢，鹰眼在那里开设了主日学课程。

我们在靠近岬角的林子里穿行，诗集和我故意落在队伍后面悄悄谋划，打算明天一大早就到岬角附近钓鱼，不钓到那条大鱼决不罢休。

"快看那儿！"诗集指着湖面。湖面水波荡漾，就像懒惰的男孩在锄土豆，完全不在意土是否松动了。整个湖在阳光照射下犹如一大片蓝色沙漠，一群白海鸥在上空翻飞。

"啊，美丽的亚美利加，辽阔的天空……"诗集刚开口背诵，只听身后传来树枝折断的噼啪

从地里挖出来的午餐

声，原来是蜻蜓大夫。他偷听到我们明早去钓鱼的计划了。

"我也去。"他不征求我们的意见就擅自宣布。

"不行。"诗集摇着头说，"你早上总爱打瞌睡，我们可不希望你从船上掉下去。再说，我们是去钓白斑狗鱼，又不是鼓眼鲈。"

蜻蜓可不喜欢这话，诗集真不应该这么说。反正蜻蜓红了脸，说："那好吧，机灵鬼。我现在就通知全帮！"他扯着脖子嚷道："嘿，伙计们！比尔和……"

蜻蜓被我们按住，没再往下说。我用手捂住他的嘴，诗集说："可以可以，你可以去，但要拜托你，闭嘴！"最后两个字是悄悄说的。

大家都停下来回过头，叫我们快点走，否则就迟到了，于是我们赶上去。

不过计划仍是个秘密。我们知道明天一早，

湖上奇遇大狗鱼

舷外马达就会驱动小船向湖中驶去——前提是我们能借到鹰眼的划艇，这样在出发时就不会被任何人发觉。那个小马达只有14磅重，我们可以轻松地拎到船边。

明天一大早，想想就激动！驾船比干什么都过瘾，比骑新自行车还过瘾。

我们紧跟在队伍后面，向那间新奇的教堂走去，很快就走到了。

从地里挖出来的午餐

11
杂耍被邀请
去芝加哥献唱

星期日下午两点半，大家进入火车车厢教堂。大吉和我坐在一张椅子上，蜻蜓和汤姆·提耳跟我俩隔一条过道。在场的有很多印第安人。

我就不费时间叙述整个过程了，不过你应该知道，在杂耍独唱的时候，是小吉为他伴奏的。我朝长过道头上的讲台望去，只见我的小伙伴坐在风琴边，一边踩踏板一边弹琴，真了不起啊！那架势和他漂亮的母亲在糖溪为我们教会弹琴时一个样。

杂耍站在简易的木制布道坛后面，扬着头，边唱边微微晃动头部来强调歌词，正如"圣诞老人"早上唱歌时那样。不知为什么，我突然感到喉咙哽住了，随后视线也模糊了。

我想起以前听杂耍唱过这首歌，又想起他父

亲曾是个酒鬼，还被黑寡妇蜘蛛咬伤过，后来终于在一天晚上蒙恩得救。现在，杂耍全家都去教会。也许有一天，我们糖溪帮里会出名人，名气大得全世界都知道。

我下决心要像杂耍一样实现远大抱负，只是我并不想当大人物。我想当……我希望能当一名治病救人的基督徒医生，希望人们谈起我的时候不会只说"他是个高明的医生"，而会说："比尔·柯林斯博士是著名的基督徒医生。

杂耍刚唱完歌，鹰眼就站起来，并让全体起立。然后他闭上眼，用契帕瓦语做了一个长篇祷告。之后，巴里进行了简短的布道，"圣诞老人"和夫人表演了精彩的二重唱，唱的是《耶稣做我的救主》。

这堂主日学有点特别，因为所有人都在同一间大教室里，由不同的人给我们讲课。过了一会儿，"圣诞老人"主持召开"见证会"，让愿意

杂耍被邀请去芝加哥献唱

127

作见证的人轮流站起来，用几句话说出耶稣是在何时何地拯救他的。

"圣诞老人"说他是在加州长滩的一间礼拜堂里得救的，礼拜堂建在一个旧棒球场上，正处于原来的一垒位置上。

巴里说："我是在一年前住院的时候得救的，当时有一位来自糖溪的农民基督徒找我谈过话。"

我的视线再一次模糊了，热泪在我的眼睛里疯狂打转，我不由自主地站起来说："没错，那个农民基督徒就是我父亲！他是……他是世界上最好的父亲。我是在我家草料间上做祷告、读《圣经》的时候得救的。"

我发现在那节火车车厢里起立说出那番话似乎并不像在家的时候那样艰难。说完我就坐下，心中充满从未有过的喜乐。这就是一个男孩在信众面前起立作见证时的感觉。

湖上奇遇大狗鱼

大家一个接一个地站起来。杂耍、大吉和诗集都知道自己是在何时何地得救的。

接着，小吉也站起来。他沉默了片刻，然后以他特有的腔调说："我不知道我是在哪个特定地点让耶稣进入我的心的，但我知道他就在我心里！"

参加这次聚会的有不少是从镇上来的非印第安人，小吉的话音刚落，其中有两三个在教堂前排就座的男人大声说："阿们！"

我一直惦记着蜻蜓，猜想他会怎么做，会不会一声不吭。不料小吉刚坐下，他就站起来说："我是在糖溪边的一棵梧桐树上滑下来的时候得救的，就像《圣经》里的撒该一样。"

我们都做了见证，只剩帮里的新成员小汤姆·提耳还没说。

随后，一位女士站起来用契帕瓦语说了几句，我听不懂，但听出其中有"耶稣"一词。鹰

杂耍被邀请去芝加哥献唱

129

眼的父母也相继起立，连雪吹面都说了几句。我坐在位子上正好能看清他的脸，又想起了我遇到的那些趣事，我打算回家后一一讲给家人听。

突然，汤姆·提耳站起来，他哽咽着，想说话却说不出来，后来总算开口了。他是这么说的："我……我不知道我是否得救了，但我希……希望世界上的所有人都得救，特别是我的父亲和母亲……"他的嗓子哽咽了。

鹰眼站在讲台上当翻译，我们刚说完，他就紧接着用契帕瓦语重复一遍，好让在座的每个人都能明白。

布道结束后，我和汤姆·提耳以及很多印第安男孩女孩围着风琴站在讲台边上。大家一边交谈一边看小吉弹琴，布道会就这样在风琴独奏声中结束了。小吉很懂音乐，知道各种音乐术语，因为他妈妈是整个糖溪地区最好的乐师。

不一会儿，"圣诞老人"来到汤姆面前，伸

湖上奇遇大狗鱼

出一双大手放在他肩头，用一双温和的棕色大眼睛望着他，问了他一些话，我没听见说的什么。

小汤姆·提耳低下头，又点点头，两颗泪珠从眼眶里掉出来，落到"圣诞老人"闪亮的黑皮鞋上，仿佛两颗亮晶晶的钻石滑落。我敢打赌，如果耶稣看见这一幕，他一定把那两颗又小又咸的泪珠看得比满满一车珠宝更加珍贵。

胖胖的"圣诞老人"伸出胖胖的胳膊搂住小汤姆，俩人朝火车车厢尾部的一个小隔间走去。我知道一分钟后将又有一名糖溪帮成员得到重生（"重生"是《圣经》用语，表示"成为基督徒"）。帕老头说过，无论你认为自己多么优秀，你都必须重生，否则就是尚未得救。

我们沿着来时的路往回走，全帮人走在一起，杂耍冷不丁地说："你们猜怎么着！"

大家停住脚，杂耍抬眼望着一棵冷杉，似乎想爬上去，又怕弄脏一身好衣服。

杂耍被邀请去芝加哥献唱

"有什么要紧事？"蜻蜓好奇。

突然，杂耍不顾衣服，三下两下爬上树，坐在主枝上低头望着我们，咧嘴傻笑，像只半大的黑猩猩，然后说："我受到了邀请，去芝加哥，我要在'圣诞老人'的教会里唱歌，还要在电台里唱。"

我呆呆地望着他。蜻蜓捡起一根树棍朝他扔去。大吉一脸严肃。诗集捧起一把树叶，抛向空中，望着树叶被风吹散，诗兴大发：

就像枯叶在狂风中飞舞，

当它们遇到阻挡，

就腾空而起，

飞到屋顶上的

是飞奔的驯鹿，

和装满玩具的雪橇，

还有圣尼古拉。

湖上奇遇大狗鱼

132

这是《圣诞前夜》中的诗句，圣尼古拉是圣诞老人的另一个名字。

小吉说："为什么'圣诞老人'不邀请我们大家一起去？"

"为什么？"杂耍朝树下大喊，"因为正好是感恩节期间，火鸡不够咱们大家跟诗集分的。只有像烤全羊那么大的火鸡才行！"

"看你们能不能猜出这个谜语。"诗集岔开话题。他接着说：

　　俩腿儿坐在仨腿儿上，

　　一腿儿放在俩腿儿上。

　　跑进来四腿儿，

　　带出去一腿儿，

　　跳起来俩腿儿，

　　扔过去仨腿儿，

砸中了四腿儿，

还回来一腿儿。

诗集刚背完，就说："猜不着吧？"

我们实在猜不着，只好听他解谜："两条腿的人坐在三条腿的凳子上，腿上放着一条羊腿。四条腿的狗跑进来，叼着羊腿跑出去。两条腿的人跳起来，扔过去三条腿的凳子，砸中了四条腿的狗，逼它还回了那条羊腿！好啦，赶快走吧，伙计们，咱们回营地吃晚饭去喽！"

杂耍说的是真的，他受邀去芝加哥，要在"圣诞老人"的教会里和电台里唱歌，费用全免。不但如此，他还可以选择任何方式去那座繁华的大都市，可以坐火车或者坐汽车，甚至可以坐飞机！

想象一下，坐飞机去！我的感想和小吉一样："为什么'圣诞老人'不邀请我们大家一起去？"

湖上奇遇大狗鱼

134

"也许他会的。"杂耍说，这时营地遥遥在望。

也许他会的。谁知道？如果他发出邀请，我会给你写一篇新故事。

如果他发出邀请，糖溪帮就会在世界上最大的一座都市里度过感恩节假期。我们会参观动物园和博物馆，还有山一样大的百货商店。新故事的题目我都想好了，就叫《畅游芝加哥》。

晚上睡觉的时间转眼就到了。第二天一大早，我就要和诗集、蜻蜓一起去湖上钓一条20磅重的白斑狗鱼。啊，太棒了！

巴里派汤姆·提耳和我去捡树枝烧营火。我们捡起一根根长短不一的树枝，汤姆一声不吭，我知道他在回想在火车车厢里发生的事情。

突然，他开口说："我大哥鲍勃这个星期一直在为你爸爸干活，锄土豆。"

"我知道。"我应道。那个红发小家伙接着说："你觉得你妈会给他一块特别大的黑莓派吗？"

杂耍被邀请去芝加哥献唱

135

"她一定会。"我想起妈妈慈祥的脸庞。

汤姆·提耳接下去的话听起来就像小吉的口吻。他说:"我敢打赌,如果你妈妈给他一块特别大的黑莓派,而且对他特别和气的话,或许他会认为信耶稣也挺好的,劝他去教会也会更容易。"

汤姆和我一边嘀咕一边抱着大捆树枝回到营地。他向我借望远镜,想要瞭望湖心岛。阳光洒在小岛那边的树顶上,仿佛有人用画笔给它们染上了橙红色的颜料。

"当然可以,给你。"我把望远镜递给他,又说,"你想用多久都可以。"他果真用了很久,还给我时已是第二天,也就是野营的最高潮——钓大鱼的那一天。

湖上奇遇大狗鱼

136

SCG
Sugar Creek Gang

12

开上快艇去抓大鱼

我忘了告诉你，火车车厢里的聚会刚结束，诗集、蜻蜓和我就问鹰眼可否让我们明天一早借用他的划艇，他同意了，还给了钥匙，好让我们打开船上的锁。

所以在聚会结束那天晚上睡觉前，大家围坐在营火边，我一见诗集朝我眨眼睛，提醒我"别忘了明天一大早的事"，我就悄悄把手伸进兜里，摸出钥匙，半遮着，却又能让诗集瞧见。蜻蜓也瞧见了，但我耷拉着眉毛瞪他，让他别喜形于色，免得计划败露。

我们仨还做了安排，得以在同一个帐篷里过夜。我们约定，无论谁在清晨第一个醒来，都要负责叫醒其他两个。

我钻进睡袋，拉上拉链，把暖和的毯子拉到下巴周围，因为北方的夜晚总是挺冷。我很快就睡着

湖上奇遇大狗鱼

138

了，什么都不知道——当然了，当一个男孩睡得什么都不知道的时候，他是不知道自己在睡觉的。

我好像立刻又醒了，感觉有小猫脚似的东西在我肚子上蹦蹦跳跳。我困得要命，不愿意清醒过来，但我以为是诗集或蜻蜓在叫我，于是强迫自己睁开眼睛。

帐篷里一片漆黑，我能透过门帘开口处的一条小缝向东方望出去，天还没亮。我能听见两个人的呼吸声，一左一右，我知道诗集和蜻蜓还在呼呼大睡。可确实有东西在我肚子上乱蹦，长着小脚的什么东西在撒着欢儿地蹦。

我急忙醒来，悄悄从枕头底下摸出手电筒，打开，结果被眼前的东西惊呆了。

是一只野兽，一只活生生的野兽！是一只野猫！

不对，不是野猫，是臭猫，也就是臭鼬！我能闻出来。闻过臭鼬气味的人都不喜欢它。我用

开上快艇去抓大鱼

139

手电一照，那只黑白毛的臭鼬就停住脚，站在我的肚子上，它盯着手电光，两只绿眼睛就像两只小手电直射我的脸。

我下意识地驱赶道："去！"

诗集被吵醒了，打了一个激灵，好像有人朝他肋骨上砸了一拳似的。他掀开毯子坐起来，连忙伸手捂鼻子。

这下惊着了臭鼬，它猛地转过身，竖起黑白花的大毛尾巴，这是生气或受惊的表示，意味着它准备将它的怪味"香水"喷得满帐篷都是。我见过臭鼬这么干，那次是在糖溪边，一只臭鼬险些被杂耍爸爸的猎狗逮住的时候。

"闪人！"我压低嗓子警告诗集，他赶紧闪开，我闪得更快。

然而，臭鼬先生一定受过良好的家教，否则就是不够兴奋，因为它像只小猫似的径直窜出门帘，逃走了，还多此一举地留下了一点"香水"，熏得我们也想出去透透气。

我说过，蜻蜓总爱在早晨睡懒觉，可是这回他突然醒过来，捂住鼻子说："怎么回事！"

诗集叫他安静，哑着嗓子小声说："刚才有客来了。"

"现……现在几点了？"蜻蜓问。

我看了看夜光表，现在四点半。我把头探出门帘，朝日出的方向望去，只见东北方的天空已经泛起鱼肚白。该起床去抓那条20磅重的白斑狗鱼了。

我们轻轻穿上衣服，悄悄钻出帐篷，避免惊醒睡在另一个帐篷里和房车里的同伴，然后拿上舷外马达和钓具，急匆匆地沿着湖边向鹰眼停放划艇的地方走去。

我们在树林边上停下来清点物品：有钓具；有作钓饵的小活鱼，那些小鱼原先一直养在码头尽头的饲养箱里，现在被放进了钓饵桶；有14磅

141

重的小马达，蜻蜓拎着舵柄上的橡胶把手；还有一桶汽油，因为马达油箱里的汽油只够用一个小时的。好啦，所需物品都已备齐，救生衣也已经牢牢系在我们身上了。

我们很快来到划艇边。我拎着马达第一个爬上去，走到船尾坐下来，开始安装马达。在我拧螺钉的时候，诗集打开船上的锁，蜻蜓摆放钓具箱和钓饵桶，好让每个人一伸手就能拿到小鱼。

准备完毕，我们把小船推下水，随波漂流，等到漂得足够远，螺旋桨不会跟湖底的泥沙搅在一起时，就可以发动马达了。

一想到能够独自发动马达，我就洋洋得意，幸好这里没有什么老家伙对我指手画脚。当一个男孩会做某件事的时候，如果某个比他年长的人开始不厌其烦地向他解释应该怎么做，只会惹得他心头冒火——可惜你不能指望世上的所有家长都明白这一点。

湖上奇遇大狗鱼

142

我首先拧开排气螺钉，打开汽油阀门，然后将启动拉绳绕在启动盘上，拨动混合杆，让它指向表盘上的数字"4"，再把化油器浮子调到适当的位置。

油箱里已有足够的汽油，一切准备就绪。我以闪电般的速度猛拉起动拉绳，马达立刻启动——出发喽！小船突突突地朝开阔的湖面疾驶。我按照学过的方法做了一些调整，关小油门，减速至"拖钓速度"，这个速度非常慢，小船缓缓地在水上行进。我想，说不定那条大狗鱼今天就在岬角的这一侧游荡，这边的水面非常平静。

我坐在船尾，左手握着舵柄上的橡胶把手，感觉大权在握，非常快乐，同时也隐隐感觉好像有什么事将要发生。

诗集把钓线放进水里，拖在船后约15英尺的地方，钓线上的坠子足够重，使得钓饵尽量接近湖底又不至于缠住湖底的水草。我根本没把钓线

开上快艇去抓大鱼

放下水，因为我想专心驾驶。

蜻蜓坐在船头，也把钓线放下去了。

我们仨心情舒畅。天气有点冷，北方的清晨就是这样。我沿着长长的岬角向岬尖驶去，与近岸生长的芦苇保持二三十英尺的距离。

水面非常平静，水草边时不时溅起水花，那里的鲈鱼大概正在享用早餐。我向东望去，又大又圆的太阳将已在地平线下埋了一整夜的脸探出来，从两朵粉红的云彩间钻出来，开始了一天的工作。

"瞧！"蜻蜓冷不丁地说。

诗集和我抬起头，刚好看见一只硕大的苍鹭从岸边往湖面飞去，它伸开的翅膀和一个男孩的身长差不多。

跟你说，这种感觉美极了。我十分同情那些应该度假却负担不起的人，而且我认为那些有能力像我们这样享受假期却不去享受的人都是十足

湖上奇遇大狗鱼

的大傻瓜。

"圣诞老人"说，就连耶稣也曾嘱咐他的门徒："你们……去歇一歇。"他自己也会走到山上或某个能与天父独处的地方，让他的灵得到休息。

我暗下决心，长大以后，我会带着儿子们（或让他们自己）去参加那种有真正灵修训练的野营活动。我会教导他们热爱大自然，因为大自然是上帝造出来供我们享受的。

不过，我没有时间想太多……当那只硕大笨拙的苍鹭掠过天空的一隅，尚未飞到湖对岸的时候，我的思绪就被打断了，因为突然有鱼咬了蜻蜓的钩。也就是说，在湖里的某个地方，有一条鱼肚子饿了，一头扑向蜻蜓的钓钩，结果被钩住了。

蜻蜓的眼睛顿时睁得比平时更大，他拉上一条鱼来。

可惜不是什么大鱼，只是一条15英寸长的鼓眼鲈。我连马达都没关闭，他就把鱼拴到了绳子

开上快艇去抓大鱼

上。小船继续突突前行，诗集一脸严肃。

"你说我能钓上那条大狗鱼吗？"诗集问。

"钓不上来。"我说。

正说着，他的钓竿突然弯下去，啪地打在船舷上，线轴嗖嗖狂转起来，诗集的眼睛瞪得跟蜻蜓似的。他的钓线被什么拽住了。"我……我可逮到它了！"他结结巴巴地说，看来是逮到了。

小船后方的湖水剧烈翻腾，冲破水面的是一张大嘴，连着一个长长的身子，跟诗集的腿差不多长，和小吉的身量不相上下。

搏斗开始了。整整一星期，诗集不仅一直在观察巴里和其他人钓大鱼，还在钻研钓鱼技术，以便自己钓到大鱼时知道如何操作。会钓鱼的人都知道，当你只有一根小钓竿和仅能承重25磅的钓线时，如果你偏要把大鱼直接拉进船里，你的钓线就会像蛛丝一样被大鱼扯断，钓竿也可能折断。所以，你必须先把鱼折腾累了。

湖上奇遇大狗鱼

146

因此，每当那条凶猛的大鱼动身潜入湖底或调转方向的时候，诗集就松开线轴放它去。然后，只要一逮着机会，他就再度收紧钓线。

"放它走！放它走！"蜻蜓尖叫，他和诗集一样兴奋。

嗖！钓线被放了出去，线轴像赛车车轮一样飞转。

我学着巴里的样子，将舵把往左推，让船绕着圈行驶。可是大狗鱼突然决定不在岸边转悠，开始游向深水。诗集的钓线放得越来越快，这意味着线一旦全部放完，鱼就会扯断钓线，溜之大吉。

我顾不上多想，立刻加大油门，驾驶小船与大鱼展开角逐。诗集俨然一位钓鱼专家，他以最快的速度收紧钓线，脸上淌着汗，呼吸急促，好像正在参加一场激烈的赛跑。

这时，在我们前方，水面破开，大狗鱼冒了出来，丑陋的大嘴跟大狗头差不多长。它只在水面上

开上快艇去抓大鱼

现了一下身又立刻没入水中，但我们已经看到了它的全貌。浮在水面上的时候，它狂暴地摇晃着凶恶的大脑袋，企图摆脱钓钩，可是白费力气。它随即沉入水中消失了，诗集的钓线再次绷紧。

"它潜到湖底去了！"诗集喘着粗气。

我追着鱼驶去。看来诗集判断正确，那条大鱼一猛子扎到湖底，也许已在水草里躲起来了。

诗集用力拉钓线，可就像钩住了木头似的，根本拉不动。

"也……也许它把钓钩挣……挣脱了！"蜻蜓的牙齿咯咯作响，并不是觉得冷，而是因为既兴奋又害怕。

诗集厌恶地哼了一声，继续收紧钓线，与此同时，我驾船绕着圈，越来越接近钓线被定在湖底的那个位置。

我这才注意到波浪比先前大多了，船晃得厉害，让人很不舒服。我抬头发现我们刚好与岬角

湖上奇遇大狗鱼

尖端平齐，波浪不停地涌过岬角。我们来不及采取任何行动，就乘着波浪来到了岬角另一边。

岬角挡住了风，所以离营地近的那一边水面平静，而在这一边，狂风大作，巨浪翻滚，浪头比我们的船高出一倍。

可是我们进退两难！我开足马力，可那小马达无力搏击重重巨浪，如同小婴儿禁受不住暴风雨。是的，我们进退两难！既无法放弃诗集钓线上的大白斑狗鱼，又无力对抗狂风巨浪！

正当我们的船开始朝各个方向乱摇摆的时候，潜伏在湖底的大狗鱼以迅雷不及掩耳之势活了过来，又开始疯狂游窜。

"你会不会掌舵呀？"诗集冲我大嚷，"往那边开，往岬角后面的避风处开！"

"开不动！"我大嚷，"这个小东西不顶用！马力太小了！"

我向船头瞥去，只见蜻蜓双手紧把着船的两

149

舷，关节都发白了。

而诗集似乎对什么都不在乎，只想着大狗鱼。他不知道我们正在跟巨浪搏斗，就算他知道，也只是担心这会给钓鱼带来多大困难。

浪涛将我们抛来甩去，仿佛小船是一只火柴盒，而马达不过是一台小电扇。

然而不一会儿，诗集就将大狗鱼引到船附近，那长着怒目利齿的大家伙显得有点疲惫。与此同时，我也摸索到了驾船技巧，就是要让船头迎风破浪前进，而不能陷在所谓的"波谷"里。

当我们正艰苦地向着岬角和避风处返航时，诗集往船外探身探得太远，打破了船的平衡。结果，船进水了——一下子涌进满满半船水，仿佛小船感到口渴，想要吞下整个湖似的。

蜻蜓尖叫，我也尖叫。诗集猛扑向船的另一侧，蜻蜓和我也是这么做的。

船翻了，我们全都掉进了水中。

湖上奇遇大狗鱼

150

13
三只落汤鸡

落水了！这时太阳刚出来，晨风呼呼刮起，而且越刮越大！浪越来越高，我们也越漂越远！

巴里教过大家在没有穿救生衣的情况下，如何应对船翻或者船进水的险境。

"守在船边！"他大声叮咛，像木匠将钉子狠敲进一块木头似的将这番话敲进我们的脑袋，"守在船边！不要试图穿着衣服游向岸！把身子全没在水里，只留脑袋在水上，紧紧抓住船帮！只要你不往里爬，船就算灌满了水，也不会沉。待在水里，抓住船帮，让风把你吹到岸上！"

巴里叮嘱我们乘独木舟时遇到翻船的情况也应照此办理，他说："守在船边紧抓独木舟的人绝对不会淹死！只有那些离开独木舟，试图游向岸的人才会淹死。记住喽！独木舟绝不会沉！乘

湖上奇遇大狗鱼

独木舟时，你要把重心放低，否则独木舟容易失去平衡，但它们绝不会沉！"

虽然我们知道这些原则，但已经离船好远了。此时船又正了过来，里面灌满了水。好在我们都穿着救生衣。

我向右张望，只见蜻蜓正在水里挣扎，大口大口地连喘气带喝水，但是头一直露在水面上，因为有救生衣的浮力。我知道他不会淹死，除非他主动把头扎进水里。他随着巨浪忽上忽下，起起伏伏，白色的浪头活像发了疯的雪堆。

就在这时，我不得不顾及自己，因为一个大浪将我拾起又抛进一处低谷，两边是两堵高高的水墙，我能看见的只有头上的一线天和两边的巨浪。

不知怎么，我忽然想起《圣经》里的一个故事，讲的是在遥远的埃及，以色列人逃到红海边，愤怒的埃及人乘着马车拿着长矛在后面追

三只落汤鸡

153

赶，准备杀掉他们。这时摩西举起手中的杖，向红海伸去，水便分开，立在左右两边，于是以色列人下海走干地，就像穿行在长长的走廊上。

我爸爸说上帝那么做是有特殊用意的，如今他也为我们做同样的事情，只是方式不同而已。当人们努力克服重重困难时，上帝就让困难分立在两边，让人们安全通过，身心无损地从另一端出来。

我想，帕老头就经历过很多困难，可他并没有淹死在困境中。

我曾在游乐场里玩过"疯狂转椅"，好玩极了。我知道，如果我现在能克服恐惧，那么权当这是在坐一回超长的"疯狂转椅"，应该尽情地享受乘坐的乐趣，因为只要脑袋一直露在水面上，我就不可能淹没。

这时，我听见诗集大喊，回头望去，看见他还攥着钓鱼竿，而大狗鱼也还在线的另一头。

湖上奇遇大狗鱼

问题是，如果大狗鱼决定下潜到湖底，而湖水的深度万一大于钓线的长度，那么诗集就必须放手，否则要么他被拽下去，要么钓线被扯断。

这种感觉真刺激！我们在离岸一英里的湖水中随波起伏，肩膀以下全泡在水里，而且水还很凉。我庆幸湖里没有鲨鱼来吃我们。

忽然，我听见身后传来一阵噼噼啪啪的打水声，原来蜻蜓正咧着嘴朝我游来。"我倒是盼着遇上这种事呢。"他的牙齿又咯咯作响，"可我希望我没有这么害……害怕。"

他伸手要抓我，我大叫，不让他抓，因为各自漂着更安全。

"我想抓着点什么！"他冲我大叫。

我们本来要游向船边，可是船漂得更快，所以我们毫无办法，只能什么都不做。只有诗集没闲着，还攥着他的钓鱼竿。

"我还抓着它呢！"他喘着粗气，朝我咧嘴

三只落汤鸡

傻笑，好像正在兴头上，"瞧把你们吓……"话还没说完，一个巨浪就把他抛起来，浪花打在他脸上。可是过了一分钟，他又咧嘴笑道："不用害怕。瞧，那边有个岛！再过一刻钟，咱们就能漂过去，然后我就把鱼拉上来。"

幸亏我们没有漂在不见岛屿的大海或大湖里。

一个男孩一旦产生了强烈的恐惧感，是很难立即克服的。我心里一直七上八下，很多念头纠缠在一起：一会儿想，幸亏春天的时候小吉和我坐在猪圈顶上在糖溪里进行过一次奇特的漂流，否则家长不会要求我们在北方乘船出游时必须穿救生衣；一会儿又想，就算湖水特别深，一个溺水的男孩沉到湖底也花不了太长时间。

我们继续漂流，相互呼唤、说笑，情绪逐渐高涨，因为发现自己离岛越来越近。

诗集有一次居然大声问我："嘿，比尔！你说咱们正朝什么方向漂呢？"

湖上奇遇大狗鱼

我由此想到，就一张挂在墙上的地图来说，正南方就是正下方！！这时，一个大浪涌起，把我俩隔开了，我朝他那边嚷道："咱们要是没穿救生衣，早就都漂向正南方了。"

虽然感觉不踏实，但我知道我们是安全的。可是我的感觉和我的理智在不停地争辩，多数时候是感觉占了上风。

再过不到10分钟，我们就会漂到小岛。也许我们可以按巴里教过的方法，用一张弓、一根棍和一根绳生火，然后像童子军那样升起烟雾信号，别人看见后就会来救我们。在岛上被困一阵子多有趣啊！

"嘿！快看！"蜻蜓朝我们大喊，"风就要把咱们从岛边吹走了！"

我们一看，蜻蜓说得对，我们就要错过小岛了，除非……除非我们能逆着波浪游一阵，不让自己漂走。如果错过小岛，我们要再漂很远才能

三口·落汤鸡

遇到陆地，因为另一边的湖岸在若干英里之外。

这时诗集大叫："这条大疯狗鱼藏到湖底不动弹了。"他把钓竿举到空中，线轴不停地旋转，波浪把他推向我这边。

"拽它！"我大喊，"让它发怒！它也许就能……"

诗集使劲拽。一分钟后，他再次收紧钓线，说明大鱼正跟在我们后面。

就在这时，我听见一阵轰鸣，像是飞机的声音。我抬起头，什么也没发现，倒发现我们就要错过小岛了，于是朝诗集大喊，让他把鱼放走，赶紧游泳，否则我们就得在水里泡一个上午。

可是太迟了。蜻蜓已经开始漂离小岛，我也马上就要漂走，诗集也一样。

"快看！"蜻蜓又叫起来，"有人坐船来了！"

他又说对了。一条白色大船从湖对岸径直朝

我们开来，似乎是"圣诞老人"的船。大船在一台大功率马达的驱动下呼啸着直奔小岛和我们而来！

"万岁！"我大嚷，"我们得救了！"

我们真得救了！那真是"圣诞老人"的船。船头是小汤姆·提耳，他穿着救生衣紧抓船舷，船尾是巴里和大吉。

我们没费多大工夫便获救了。蜻蜓和我很快上了船。

诗集仍旧攥着钓竿。他一上船就开始跟大狗鱼较劲，不到3分钟，我们就用巴里带来的一个大手钩把鱼钩了上来。

真是条大鱼！我们没完没了地谈论着，尤其是诗集。

大船载着湿淋淋却兴高采烈的一船人，乘风破浪，呼啸着向营地疾驰。又累又饿的我们仨换完衣服后，跟巴里一起坐到房车一端的小餐室里

三只落汤鸡

159

吃早饭，大嚼煎饼、熏肉和柚子。

"你们怎么知道去哪儿找我们？"我问，一大口喷香的煎饼咬下去，把最后两个字吞掉了。

"简单。"巴里说，"汤姆一直在用你的望远镜瞭望湖面，是他看见你们的。"

幸亏当初邀请了小汤姆·提耳来跟我们一起野营度假！

也许我应该告诉你：在返航之前，我们把鹰眼的小船拖到了远离波涛的小岛岸上，又把小马达卸下来带回营地。一旦湖面恢复平静，我们就返回岛上取船。

马达被水泡了，自然需要一番修理。我庆幸它始终和船牢固地连在一起，否则早就掉到湖底去了。

我看了看饭桌对面的蜻蜓和诗集，又朝房车那头的大吉、杂耍、小吉和汤姆望去，他们正坐在长沙发上看我们吃，听我们侃。我很高兴自己还活

湖上奇遇大狗鱼

160

着。突然，车里一下子安静下来，只听见滴滴答答
的水声，是冰箱里的冰在慢慢融化的声音。

　　这时，小吉回过身，打开架子上的收音机，
说："现在该听'儿童福音时光'了。"收音机
里传来一群男女儿童的合唱，我们前几天晚上刚
刚在营火边学过这首歌：

　　　　将福音传遍四方，
　　　　向远近的罪人宣讲；
　　　　加略山竖起十字架，
　　　　基督为你我的罪担当；
　　　　将福音传遍四方。

　　我趁间奏的时候问杂耍："你去芝加哥过感
恩节的时候，可不可以为我们献上一首歌？"
　　"当然。"杂耍咧嘴笑道，"等我吃火鸡
的时候，我还可以给你们献上一块火鸡肉。"这

161

话让诗集皱眉头，也让我更迫切地希望"圣诞老人"能邀请全帮人跟杂耍同去。我还没坐过飞机，没去过芝加哥，也没进过电台播音室呢。

回顾这一集，我发现已经够长了，所以野营第二周里发生的事情，我就略去不记了。我只想说，我们又快快乐乐地度过了一周好时光。

附 录

糖溪帮教你分辨鱼类

炎热的夏天，在清凉的糖溪里钓鱼是糖溪帮的男孩儿最喜欢的活动！下面，糖溪帮就要和其他男孩分享他们在美国是怎么钓鱼的。首先，要先和大家介绍一下鱼的品种。鱼可以分为三种：淡水鱼、海鱼，以及在淡水和咸水之间迁徙的鱼。鱼儿由于种类繁杂，所以对很多男孩来说，能认出它们并不容易，我们建议你可以画出鱼的略图，并且标注颜色和尺寸，以方便查找鱼类百科全书。下面是几种我们糖溪帮和帕斯湖一带常见的鱼。

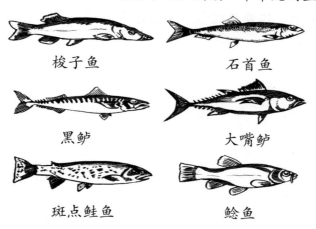

梭子鱼　　　　　　　石首鱼

黑鲈　　　　　　　　大嘴鲈

斑点鲑鱼　　　　　　鲶鱼

诗集给大家分享垂钓的经验：

　　大家好，我是诗集。当然了，钓鱼有很多很多的技巧，比如鱼竿和鱼线鱼漂啦……不过最重要的是鱼饵，只有用对了鱼饵才能钓到你想钓的鱼。不同的鱼，它们的口味也不一样，就像比尔特别爱吃黑莓派，杂要特别爱吃炸鸡，好了，言归正传，你要想钓小鲈鱼就要用蚯蚓，而要想钓大鱼就要用一些小鱼做鱼饵，我上次钓的那条20磅的大狗鱼就是用小鱼做的鱼饵！钓到大鱼时，我要特别说一下，你绝对不能把它直接拉上岸，那样鱼竿会折断的，你一定要慢慢地遛它，等到它筋疲力尽了，才能把它拽上来。一般老手都是这么干！

　　当然了，虽然上面这些很重要，但是最最重要的，还是要在水边注意安全！

糖溪帮守则

1. 糖溪帮每个人都承担家务。我们是家里的一员，我们愿意承担责任。

2. 糖溪帮体恤父母，尽量不让他们着急，惹父母生气不是酷，不惹父母生气才真酷。

3. 糖溪帮各个都不是胆小鬼，但我们不相信打架能解决问题，我们有自制力。

4. 糖溪帮不莽撞行事，碰到危险和紧急情况我们会保持冷静和理智。

5. 糖溪帮不说脏话，不随波逐流。

6. 糖溪帮对弟兄们信守承诺，我们认为诚实是美德。

7. 糖溪帮尊重女生，糖溪帮认为欺负女生是无聊的表现。

8. 糖溪帮每周都去教会，我们相信《圣经》，我们有坚定的信仰。

9. 糖溪帮看重智慧，热衷于学习各种知识和技能。

10. 糖溪帮有同情心，乐于帮助他人。